幻想と現実

――日本古典文学の愉《たの》しみ――

板垣俊一 著

新典社

まえがき

本書に収録した随筆は大学入学試験「国語」の問題を作成するために著者が過去二十年ほど毎年一編ずつ書き溜めてきたものである。また実際に某大学・短期大学の過去の国語入試問題文として使用してもいる。いずれも日本の古典文学に関係した個別のテーマを思い付くままに書いたものであり、全体を統一するテーマはないが怪異や幻想についての章があるので書名とした。全体は意味のある連続にはなっていないが、今回一冊にまとめるにあたっては冒頭から通読する読者の便宜をはかって発表年順には従わず可能なかぎり相互に関連する章をつないで並べた。また、各章を改めて推敲し標題の裏に簡単な導入文を付して読者の便宜をはかった。

全17章のうち第9章の付録「冥婚譚」だけは随筆ではなく物語である。また、人間と言葉について述べた第1章「草木言問う世界」を本書全体の〈序〉とし、古典文学に関する随筆全体を閉じる意味で第17章「視覚と近代文学」を最終章に置いて〈跋〉とし全体を括った。

なお、文中に引用した古文についてはできるだけ出典を示したが、本書が一般書であることから文献上の厳密さを求めるものではないと考えて引用の出典を示さなかったものもある。

5 はじめに

目次

第1章　草木言問う世界

——序文にかえて——

人間が動物や草木と言葉を交わした原始の時代があった。そんな時代に動物や草木は言葉によって人間に知恵を授け、また警告を発した。時代がくだり、言葉が人間だけのものになると、人間はもはや自然の告げる智恵も警告も聴き取ることができなくなった。われわれが人間だけの言葉を手に入れたとき、代償として払ったものの大きさもまた考えてみなければならない。

遠い遠いむかし、たとえばこの国が倭《わ》の国と呼ばれていた時代、言葉は人間だけのものではなかった。「言問《こと と》ひし磐根樹立《いわねこだ》ち、草の片葉《かきは》をも言止《ことや》めて」という古語の慣用句があった。動物はもとより岩や樹木に至るまで言葉を発した——古代人はそう考えたのである。みなさんは、『古事記』に語られる因幡《いなば》の素兎《しろうさぎ》の話を知っているだろう。海辺に泣き伏している兎を見て大《お》国主神《くにぬしのかみ》が問いかけた。「何の由《ゆえ》にか汝《な》は泣き伏せる（どうしてあなたは泣き伏しているのか）」、と。これに答えて、兎は、隠岐《おき》の島から出雲へ渡ろうとして海の鮫を欺いて失敗したいきさつを語った。大国主神と動物の交流の話はそれだけではなかった。この神が野原で焼き殺されようとしたときには「内はほらほら、外《と》はすぶすぶ」（中はほら穴、入口はすぼんで狭い）という鼠の言葉によって、土中の穴に隠れることで救われ、さらにまた蟇蛙《ひきがえる》も山田の案山子《かかし》もその国《くに》造《づく》りに助言したとある。

現代人はこれを神話といいメルヘンという。しかし古代人はそれをそのまま信じた。兎や猿が人語を解し、蛇や狐がものを言う世界は、後世には昔話のなかにかろうじてその痕跡を留めているだけである。柳田国男は「人と動物とが対等な交際をした時代があつたことを伝えて居る歴史といふものは昔話の他には無いのである」（『口承文芸史考』）と言っているが、人と動物とが言葉を交わして対等な交際をした時代は、もはや永久に過ぎ去ったのであろうか——。

いや、そうとばかりも言えまい。言葉を覚え始めた幼年期のわれわれは、動物や人形や縫いぐるみと話はしなかったか？　オルテガが言ったように、人間の生はすべての世代がいわばゼロから出発しなければならないというそれ自体の法則を持っている。言葉もまた然り。どんなに高度な文明社会になっても、人間が言葉を習得するときには各人が全く最初から始めるしかない。そしてもし土居健郎がいったように「個々の人間が一つの言語を習得するごとに、いわば言語発生がそこで新たに個体的に繰返されるのだ」（『「甘え」の構造』）とすれば、幼児が言葉を習得するある段階で、かつて動物とも木とも言葉を交わした太古の人間の歴史が個人一人びとりの人生においてふたたび繰り返されているのである。幼児の世界では、言葉は人間だけの特権ではない。太古の人間の心は今なお幼児の心に生きていると見ることもできるのである。

ところが、言葉の高度な運用能力を身に付けるにつれ、われわれは原初の心を失って、人間以外のものとの交流を閉ざしてしまった。ほんとうは、犬は決して「ワンワン」とは鳴かないし、小川も決して「サラサラ」とは流れない。「せっかく、犬や猫や鳥たち、風やせせらぎが、無限の表現力で私たちに音を届けてくれているのに、なまじ日本語を習得してしまったばっかりに、その無限の音を、「五十音」の限定的な表現に閉じ込めてしまっているのです」とは、小さいころ牛が放牧され、さまざまな動物たちがうごめいていた家の周りの野原を遊び場とし、

「そういった動物たちときちんとコミュニケーションがとれないことには安心して遊べなかった」と回想する地方出身のＮＨＫアナウンサーの発言である（野方正俊「無アクセント地域からアナウンサーに」『日本語学』二〇〇九年二月号）。

言葉はいつしか人間の意識と自然との間に割り込んできて、外界に対するわれわれの眼を覆うのだ。日本人の子どもにとって絵に描く太陽は赤に決まっている。しかし秋田市の七歳になるある女の子がお絵かきの時間に太陽を黄色に塗った。母親がそのわけを尋ねると、「だって、冬子にはどうしても黄色にしか見えないんだよ」と答えたという（朝日新聞記事）。人間は言葉を自由に操れるようになると、ものそのものを熟視することなく、観念でものを見るようになる。太陽をあらわす日の丸もまた白地に赤ではないか。哲学者ベルグソンは言った。「物及び存在の個性は、それを認めることが我々にとつて物質的に有用ではない場合には、いつも我々から逸し去るものである……つまり云《い》つてしまへば、我々は物そのものを見てゐるのではないのである。たいがいの場合には、我々は物の上に貼りつけてある附け札を読むだけにしてゐるのだ。必要から出てきたこの傾向は、更に言語の影響を受けて強調せられるに至つた。なぜならば、言語は（固有名詞を別として）凡て種類を表示してゐる。物のうちその最も普通の機能とそのありふれた様相とをしかしるさない語は、物と我々との間に介入してきて、その形相を我々の目に蔽《おお》ひかくすであろう」（『笑』林達夫訳）、と。われわれの太陽にもやはり「赤い」という附け札が付いていているのである。

歴史の過去に話を戻そう。兎や鼠そして蟇蛙たちと言葉によって交流し、親密な関係を持っていた大国主神は、『古事記』の神話体系のなかでは国《くに》つ神《かみ》と呼ばれ、高天《たかま》の原《はら》の神すなわち天《あま》つ神《かみ》によって征服される立場の神であった。「天つ神」とは、天皇家の祖神である太陽神アマテラスを最高神とする古代国家大和朝廷の側の神々であり、権力と権威を持つ正統な神として語られる。これに対して国つ神は邪悪な荒ぶる神と考えられていた。正統なる天つ神が邪悪な荒ぶる神を征服することを、古代の言葉で「言向《ことむ》け和《やは》す」という。いうなれば、わけの分からぬ言葉を発するものたちを、支配者の側の言葉の秩序へ組み入れることであった。支配者にとってみれば、動物や草木がもの言う世界とは、荒ぶる神たちの跋扈《ばっこ》するおぞましい世界であり、それを古語では次のように言う。

荒《あら》ぶる神等《かみたち》、また、石根《いはね》・木立《こだち》・草《くさ》の片葉《かきは》も辞語《ことど》ひて、昼《ひる》は狭蝿《さばへ》なす音声《おとな》ひ、夜《よる》は火《ひ》の光明《かがや》く国なり。

（『常陸国風土記』）

この原初の光景は言向け和《やわ》されることで、支配者の側の言語秩序に組み入れられる。そしてその組み入れられたさまはまた古語の慣用句によって「言《こと》問《と》ひし磐根樹立《いわねこだ》ち、草の片葉《かきは》をも語《こと》止《や》めて」（大祓《おおはらえ》の祝詞《のりと》）と唱えられた。秩序に適《かな》わぬ禍々《まがまが》しい言葉は沈黙せしめられたのである。かくして国家の統一がなされたのであった。これは、個々の人間が成長してゆく人生の途上で失う原初の言葉の世界を、歴史の途上でわれわれがどのようにして失っていったかを語る一例であろう。

大国主神の話を例にとって述べたことは、近代のアイヌ民族と明治政府との関係のなかにもまったく同じように現われる。明治維新によって天皇はふたたび政治的支配者の頂点に立った。アイヌ民族は言うなれば未開の原野に暮らす国つ神の立場として、天皇を頂点とする天つ神の側に立つ日本政府によって征服された。「アイヌの社会では台所の小さな甕《かめ》も、履《は》き古《ふる》した靴も、編みかけの手籠《てかご》でも口をきいた」（谷川健一著『日本の神々』）という。なんとそれは「言問ひし磐根樹立ち、草の片葉」の世界ではないか。アイヌはそのような生活圏のまるごとを明治政府によって言向け和され、皇民教育すなわち天皇の臣民となる教育を施された。征服の仕上げは、小学校における義務教育によって子どもたちを日本語の言語秩序のなかへ組み入れることであった。

ここに、ひとりのアイヌの女性が書いた二つの異なる文章を引用してみよう。彼女の名前は知里《ちり》幸恵《ゆきえ》。生年は一九〇三年（明治三六）、没年は一九二二年（大正一一）、わずか十九歳の生涯であった。はじめの文章は、一九二〇年（大正九）に幸恵が豊栄小学校創立十周年記念の式典に同窓生として招かれたときに読んだ祝辞で、彼女の手帳に書かれたその下書きのメモである。

顧《かえり》みれば、十年の昔、未だ本校の創立せられざりし時は、此《こ》の地いまだ開けずして、雑草茫々《ぼうぼう》、足を入るる所なく、丈《たけ》なす叢《くさむら》には狐兎の遊自在にして、きこゆるものはただあやしき鳥のたぐひの叫び声のみなりき。此処《ここ》に我校は建設せられて、当時、北門小学校に学びたりし我等一同の嬉々《きき》として新校舎に集《つど》ひ、開校の式を挙げたりしは、あたかも明治四十三年、本月本日なりき。爾来《じらい》、歴代校長先生、並びに諸先生には我等を慈《いつく》しみ給ふ事、子の如く、善良なる範を部落にたれ給ひ、学校は常に部落の中心となり来たり、雑草しげれる叢はかはりて運動場、花園、畑となり、狐兎の遊ぶ音、こはい鳥のさけびは、うるはしき唱歌の声、楽しき遊戯の音となりぬ。

（藤本英夫著『銀のしずく降る降る』所収）

アイヌとして生まれ、日本語の教育を受けた十七歳の少女はこのような立派な文章をものするまでに成長した。しかしこの文章の裏には、自らの伝統文化を否定し、日本政府の教育機関において日本人として教育されることを、蒙昧《もうまい》からの脱出として喜ばなければならないという皮肉な境遇があった。この祝辞はいわば強制的に「言向け」られた側の飾られた言葉でしかない。彼女の名前すらもはや日本語名になっている。

祝辞の下書きメモでは小学校が建設される以前の土地を、「いまだ開けずして、雑草茫々」、狐や兎が自在に遊び、「きこゆるものはただあやしき鳥のたぐひの叫び声のみなりき」と表現する。それは前述した荒ぶる神たちが跋扈する古代の原初の光景にまったく等しい。その地に日本の小学校が建てられ、アイヌの人々を「言向け和《やは》す」ことで、楽しい遊戯の音があふれる運動場や花園になった。原初の光景に属する狐兎の音、怖《こわ》い鳥の叫びを沈黙させたのは、アイヌの子どもたちに日本語の教育を施す小学校の開設であった。そして、子どもたちが歌う日本語の「唱歌の声」すなわち支配者の側の秩序ある言葉が原初の世界を覆い尽くした。幸恵の文章はそのように書かれている。

しかしながら忘れてならないのはそこがアイヌの暮らす大地だったことである。それを未開の地と見るのは完全に和人（シサム＝日本人）の側に立った眼である。アイヌにはユーカラ（神謡）、ウエペケレ（民話）という、音声によるすぐれた言語文化遺産があったが、それらを育んだ世界こそ未開と呼ばれたその大地にほかならなかった。そのユーカラには「兎が自ら歌った謡《うた》」があり、「狐が自ら歌った謡《うた》」もある。森に響く怖い鳥の鳴き声は、祝辞のメモでは未開の象徴ともなっているが、もしそれが梟《ふくろう》であるならば本来アイヌの人々にとって非常に神聖な鳥であり、「梟の神の自ら歌った謡」はユーカラを代表する神謡でもあった。そして知里幸恵自身がそれらのユーカラを集めた貴重な本『アイヌ神謡集』を残している。それは彼女が自己の民族の誇りをもって書いた本であった。

右に引いた小学校の創立記念式典の祝辞メモと対比して次に掲げてみたいのは、その『アイヌ神謡集』序文の書き出しである。

その昔この広い北海道は、私たちの先祖の自由の天地でありました。天真爛漫《てんしんらんまん》な稚児《おさなご》の様に、美しい大自然に抱擁されてのんびりと楽しく生活してゐた彼等は、真に自然の寵児《ちょうじ》、何と云《い》ふ幸福な人だちであつたでせう。

冬の陸には林野をおほふ深雪を蹴つて、天地を凍らす寒気を物ともせず山又山をふみ越えて熊を狩り、夏の海には凉風泳ぐみどりの波、白い鴎の歌を友に木の葉の様な小舟を浮べてひねもす魚を漁《すなど》り、花咲く春は軟《やわら》かな陽の光を浴びて、永久に囀《さえ》づる小鳥と共に歌ひ暮して蕗《ふき》とり蓬《よもぎ》摘み、紅葉の秋は野分《のわき》に穂揃《そろ》ふすすきをわけて、宵まで鮭とる篝《かがり》も消え、谷間に友呼ぶ鹿の音を外に、円《まど》かな月に夢を結ぶ。嗚呼《ああ》何といふ楽しい生活でせう。

平和の境、それも今は昔、夢は破れて幾《いく》十年、此《こ》の地は急速な変転をなし、山野は村に、村は町にと次第々々に開けてゆく。

さっきの祝辞とは何という違いだろう。祝辞の下書きメモでは「雑草しげれる叢《くさむら》」でしかなかったアイヌの人々が住む大地が、この本の序文では「自由の天地」「美しい大自然」として称えられ、「こはい鳥のさけび」は「軟《やわら》かな陽の光を浴びて永久に囀《さえ》づる小鳥」に代わっている。つまり二つの叙述は、まるで反転しているのである。このように幸恵が限りなき郷愁をもって描き出したアイヌの世界は、明治の国家統一によって滅びゆく民族の世界であった。ユーカラのような言語文化も、先祖たちの自由の天地も、すべてが失われていったのである。彼女が書いた序文は偽りのないその挽歌《ばんか》であった。

もちろん外部からの強制的な力が働かなくとも、いわゆる文明化によって太古の心はいずれ歴史の彼方《かなた》へ消え去る運命にある。大国主神の時代に文字はなかった。アイヌの人々にも文字はなかった。動物そして岩や草木の言葉も文字ではなく音声であった。文字だけが文明化した人間のものである。文字を持つことで言葉はいっそう人間だけの特権となった。もはやわれわれは音声だけの言葉の時代すら忘れかけている。しかし世界には、現代に至るまで文字とは無縁でありながらも、なおかつ人間だけが持つ言語の特権を恐れ、それに罪の感情をもつ民族がいるという。中米のインディオたちについて、ル・クレジオはいう。「インディオは、この恐るべき特権が何であるかということを知っていて、それを誇りにすると同時に、恐れてもいる。動物も事物も語りはしない。かつてはそれらのものも口をきいた。すべてが話をした。石でさえも。それからなにものかによって平衡が破られ、災厄によって理解の秩序が破壊されたのだ。その瞬間から、人間はもはや動物を理解せず、石の言葉を解さなくなった」（『悪魔祓い』高山鉄男訳）、と。言葉の対極にあるのは沈黙である。インディオにとっては、沈黙こそ自然であり、彼らは沈黙によってこそ鳥や草木の言葉を理解できると考えているのだとル・クレジオはいう。文明人ほど沈黙をきらう饒舌《じょうぜつ》な人間はいない。言葉が人間の特権であることとうらはらに、言葉によってわれわれが失ったものもあることを、静かに思うべきではないだろうか。

第2章　泣くことの歴史

近代・現代では泣くことが女性特有の感情の発露のようにも考えられてきたが、これについてある人は、女は男のようには言語の効用を信じてはいないということだろう、と言った。なるほど柳田国男が言ったように、泣くことは言語に代わる一種の表現手段でもあった。今よりも自由に物が言えなかった時代には、泣くことでしか表現できない悲しみも多かったからである。言葉との関係で、泣くことの歴史を今一度振り返ってみてもよさそうである。

この世に生を享《う》けた人間の誰しもがまず最初にすること、それは泣くことである。しかし嬰《えい》児《じ》の産声《うぶごえ》にはまだ涙がない。涙をともなう涕泣《ていきゅう》こそが我々の人生の始まりだった。人は人生の辛酸《しんさん》を嘗《な》めて塩辛い涙を流す。また、時には嬉し涙に暮れ、他人の悲しみや不幸を思いやって同情の涙を流す。そして人生の終わりには親類縁者の涙に送られてこの世を去る。それが我々の一生である。人生は泣くことに始まり、泣かれることで終わる。泣くことは人間の自然な情感の発露として古今変わらぬ普遍的な行為であった。が、しかしこれにも歴史があった。

あなたは最近泣いたことがあっただろうか。あるいは泣いている大人を見かけたことがあっただろうか。こう聞かれたら多くの人が「稀《まれ》には」とか「いいえ」と答えるだろう。現代人は驚くほど泣かなくなったからである。柳田国男が『涕泣史談』の中で、「人が泣くといふことは、近年著しく少なくなつて居る」と指摘し、このことは「最近五十年百年の社会生活に於て、非常に激変した一事項」だと述べたのは、今からすでに七十年以上も前、昭和十六年のことであった。その後、日本の社会はますます激変して今日に至っている。あまり気付かれていない事実だが、これはきわめて顕著な社会現象といえるだろう。

勿論《もちろん》、その後も近年に至るまで現実に流される涙の替わりに歌謡曲のなかでは飽くことなく多量の涙が流されたし、今でも感動的な話を聞けば、言葉では「泣かせるねえ」と言い、やり

きれない思いを「泣きたくなるよ」と言う。しかし、明治の末に石川啄木が詠んだ、

東海《とうかい》の小島《こじま》の磯《いそ》の白砂《しらすな》にわれ泣きぬれて蟹《かに》とたはむる

（『一握の砂』明治四三年）

という感傷的な短歌に共感の涙を流す者はもういないだろう。また、芝居や映画館の暗がりでハンカチを握りしめる観客もほとんどいなくなった。今から三十年前（一九八〇年代）、大正五年生まれの浄瑠璃太夫《じょうるりだゆう》、四世竹本津太夫《つだゆう》は、「それにしても、このごろのお客様は、一体に、あんまり小さなことや単純なことには反応なさらなくなりましたですね。昔のお客様のほうが、率直にご自分の感情を出しておられたように思います」（『四世竹本津大夫芸話』白水社、一九八六）と言っていた。人形芝居の文楽《ぶんらく》では喜怒哀楽を大げさに表現する場面がよくある。以前の観客はまたそれに見合うように笑ったり泣いたりと、自己の感情を素直に出していたのであった。男も女もよく泣いた。かつては芝居小屋へ泣きに行く年配の女性も多かったという。

たしかに江戸時代の芝居では男たちもよく泣く。殊《こと》に老父たちはよく泣くし、若い男たちもしばしば滂沱《ぼうだ》の涙を流した。「男、涙をはらはらと流し」（『曽根崎心中』）、「かっぱと伏して泣き沈む」（『心中天の網島』）、「平右衛門、抜身《ぬきみ》を捨て、どうと伏し、悲嘆の涙にくれけるが」（『仮名手本忠臣蔵』）などなど、ほとんど定型句で語られる泣く場面は数え上げたらきりがない。

悲劇のなかでの男泣きはあたり前であった。観客はまたこれを観て貰い泣きしたのである。
芝居は庶民のものだった。しかし武士であっても泣くべき時には泣いた。忠臣蔵の大星由良助（史実では大石内蔵助）も、「拳《こぶし》を握《にぎ》り、無念《むねん》の涙、はらはらはら」と主君の切腹に涙を惜しむことはない。義経《よしつね》も弁慶《べんけい》も涙を流す英雄であることが観客には期待されていたのである。

さらに文学史を遡ってみれば『万葉集』には泣き上戸《じょうご》の大伴旅人《おおとものたびと》がいる。

賢《さか》しみと物言《ものい》ふよりは酒飲みて酔《ゑ》ひ泣きするし優《まさ》りたるらし　（巻三・三四一）

とは、彼が詠んだ讃酒歌の一首である。これが江戸時代の川柳ともなれば、

居酒《ゐざけ》見世《みせ》困《こま》るは銭《ぜに》がなき上戸

というわけで、笑いとわびしさを込めた庶民の酔態が活写される。金の有る無しはともかく居酒屋のこうした光景が近代まで続いたことを思えば、酒飲みの泣き上戸は昔から日本人の代表的な酔態であった（野村雅一著『ボディランゲージを読む』平凡社、一九八四）と見てよい。

平安の王朝物語ともなれば貴公子たちが恋愛や離別の場面でしめやかな涙を流す例はいくらもある。何かと言えば「涙ぐませ給ふ」のが平安貴族の男たちであった。『源氏物語』の一節

を引けば、「紅葉賀《もみじのが》」の試楽《しがく》で光源氏が詩を吟詠する場面に、「これや仏の御迦陵頻伽《おほんかりようびんが》の声ならむと聞こゆ。おもしろくあはれなるに、帝《みかど》、涙をのごひたまひ、上達部《かむだちめ》、親王《みこ》たちも、みな泣きたまひぬ」とある。源氏の美声を極楽浄土の妙《たえ》なる鳥の声に比し、人々があたかも法悦に陶酔して落涙する宗教的場面に重ねて、源氏を讃嘆したものである。

これらは物語の例に過ぎないと言うのであれば、藤原道綱《ふじわらのみちつな》の母が自己の体験をしるした『蜻蛉日記《かげろうにっき》』の兼家《かねいえ》病臥の段を挙げよう。道綱の母のもとへ通ってきた夫の兼家が、あるとき急病によって瀕死の状態に陥った。死を意識した兼家が道綱の母との半生を思いやって、「臥しながらいみじう語らひて泣」いたと日記にはある。兼家の愛情を繋ぎ止めようとした彼女自身の日記のことだから話半分にしても、妻の傍で死の影を感じながら悲嘆の涙に暮れる姿は事実であろう。

泣いたのは貴族だけではなかった。小林秀雄が「平家の人々はよく笑い、よく泣く」と言ったように、平家物語の武者たちも、嬉しいときには哄笑し、悲しいときには皆よく泣いた。「是《これ》を見る兵《つはもの》ども皆《みな》涙をながし云々」、「たけき物のふどももみな涙をぞながしける」などとあるように、武者だから泣かないということは無かった。「判官《はうぐわん》涙をはらはらとながし」と、義経が泣き、また男の強さの象徴的存在であった泣かぬ英雄弁慶も、室町時代初期（十五世紀初め）の成立とされる『義経記《ぎけいき》』では、「武蔵坊も涙に咽《むせ》びけり」、あるいは「さしも猛《たけ》き弁慶が伏転《ふしまろ》び泣きければ」、また「荒き弁慶を始として、声をたててぞ泣きにける」など、しばしば涙を流し大泣きしている。

めったに泣かぬ強い男という弁慶の英雄像ができあがるのは江戸時代になってからである。しかし庶民の芝居では、この英雄を、強いだけでなく情けのある人物として、舞台上でどうしても一度は泣かせてみたかった。歌舞伎の『勧進帳《かんじんちょう》』でも、「つひに泣かぬ弁慶も、一期《いちご》の涙ぞ殊勝なる」と、彼は一生に一度きりの涙を流す。また、浄瑠璃『御所桜堀河夜討《ごしょざくらほりかわようち》』の三段目、我が子を殺して忠義を立てようとする非情な場面では、「生れた時の産声より、外には泣かぬ弁慶が、三十余年の溜涙《ためなみだ》、一度にせきかけ、たくりかけ」と語られる。いかなる事情があるにせよ我が子と知って娘を殺す父が平然としていられるわけはない。泣かぬ英雄が泣くとすればその時を置いてほかにはないだろう。泣いた弁慶に喝采を送り、ともに涙するのが当時の芝居の観客であった。

我が子の死に涙する親の気持ちは今も昔も変わらない。しかし、現代の父は弁慶のように人目を憚ることなく激しく嗚咽《おえつ》して泣きはしない。芥川竜之介の短編『手巾《はんけち》』（大正五年）は、長谷川謹造という大学教授のもとに、学生の母親が訪ねてきて息子の訃報《ふほう》を伝える話である。我が子の死を語る彼女の表情はじつに落着いたもので、時に笑みさえ浮かべて話す。その様子を長谷川は不思議に思って見ていた。しかしテーブルの下で、握りしめたハンカチを今にも引き裂かんばかりに激しく震わせているその手を見たとき、長谷川は、「婦人は、顔でこそ笑つてゐたが、実はさつきから、全身で泣いてゐたのである」と悟り、「日本の女の武士道だと賞賛した」とある。この長谷川謹造という人物は新渡戸稲造がモデルらしい。新渡戸稲造といえば誰しも『武士道』という彼の著書を思い浮べるだろう。新渡戸は日本の近代化を成し遂げた原動力は武士道にあったと主張した人物である。武士は幼いときから忍耐と誇りを教えられた。——「若《も》し何かの痛みによつて泣けば、母は子供を叱《しか》つて、『之《これ》しきの痛みで泣くとは何といふ臆病者です！　戦場で汝の腕が斬り取られたらばどうします？　切腹を命ぜられた時はどうする？』と励ました」（『武士道』岩波文庫）。それが武士の母だったとすれば、『手巾』に描かれた母の姿は息子の死に直面したときの、自らがとるべき模範的な態度にほかならなかった。

かくして、男は泣かぬものという社会的な規範が徳川の世に形成された。しかし明治以後、武士の世が崩壊することでこの観念はかえって世間一般の倫理となり、人々にとって性差を際立たせる常識的な指標となった。男の子は、「泣くな。男の子だろう」と育てられ、泣けば友達に「弱虫」と言ってけなされる。そして、これと逆に、泣くことが女の指標として定着した。

ちなみに西洋ではどうだろうか。

「……思いのままに涙の雨を降らせるのは女の芸、あの小姓《こしょう》にそのまねまではできぬというのであれば、いい手がある、タマネギを使うのだ」（小田島雄志訳）とは、シェークスピアの『じゃじゃ馬ならし』（一五九三〜四）に出てくる言葉である。『ハムレット』（一六〇〇〜一）でも、オフィーリアの兄レアティズが妹の死を知って、「おれも涙はこぼさぬぞ。だがこれも人情か、おさえても涙はあふれる。ええい、女々しいと笑わば笑え。涙がつきればふたたび男らしさがよみがえろう」（小田島雄志訳）と言う。十六世紀の末から十七世紀にかけて演じられたシェークスピア劇でも、女は泣くもの、男は泣かぬものという観念が強い。またオセローは、部下の奸計にはまって妻を殺した後、「泣くということをかつて知らなかったその目から、あのアラビアのゴムの樹が樹液をしたたり落とすように、とめどなく涙を流した――そういう男であったと書いていただきたい」（小田島雄志訳『オセロー』末尾）と言い残して死んでいった。ここには、めったに泣かない男の涙こそ真実の涙であるという観念がある。また、我が夫に不貞を疑われた妻デズデモーナが流した真実の涙は、オセローによって逆に偽りの涙、芝居の涙と決めつけられる。オセローもまた〈女の涙には気を付けろ〉という世間の常識的な〈女の涙の読み取り方〉に従ったからである。男はめったに泣かぬもの、しかしめったに泣かぬ男が泣かねばならぬから悲劇なのだ、とは言えるだろう。

しかしまた西洋の場合、ルネッサンス時代の作家たちは泣く男を遠慮なく書き、十八世紀のフランスでは人々が公衆の面前で大いに涙を流したという。「劇場でも観客はとめどなく涙を流し、その姿を見せることをとりわけ好み、感性の証として涙にぬれたハンカチを誇示した」（A・V・ビュフォー『涙の歴史』持田明子訳、藤原書店、一九九四）。また、涙に暮れるヴェルテルの物語、ゲーテの『若きヴェルテルの悩み』（一七七四）でも、彼の運命に対して読者もまた涙を惜しむべきでないことが序文に期待されている。ただし、こうした多様性が残されていた西洋でも、十九世紀になると事態は一変する。「十九世紀には涙は公の場所で流される特権を失い、人目を避けた部屋に逃避し、ついにはもっぱら女性や子ども達のものとなり、また庶民階級のものとなった」（同『涙の歴史』）。さらに、二十世紀になると、まず男の涙が表向き完全に御法度となり、ついで女を含めたすべての人々が人前で泣くことをお互いに忌避するようになってゆく。「表向き」というのは、男の涙が現実からまったく消え去ったわけではないからである。しかし現代のアメリカ社会でも、男女に限らず個人的な問題で泣くこと、論争中に感情的になって泣くことは周囲に不快感を与えるものとして絶対に許されないことだという。

涙は女の武器、男は泣かないものという観念は、洋の東西を問わずいまだに地下の伏流水のごとく我々の脳裏に流れている。隠れている伏流水はどこかで地表に出る。何年か前、某女性外務大臣の涙に対する小泉首相の発言「涙は女の武器」などはまさしくその例だろう。とはいえ、現実に流されている女の涙の量が男よりはるかに多いことも確かである。ウィリアム・フレイというアメリカの生化学者が、涙の成分を化学分析するために刺激による涙と感情による涙を別々に集めようと試みたとき、非常に困難だったのは感情に伴って出る涙のサンプルの採取であったという。それは、「ほとんどの人が親、仲間、社会から、エモーショナル・ティアーをこらえるように教育されてきた」(ウィリアム・H・フレイII他『涙——人はなぜ泣くのか』石井清子訳、日本教文社、一九九〇)からにほかならなかった。しかも、提供された研究用の涙の八割が女性の涙であったという。もし日本で行なってもそれ以上の男の涙を集めることは無理だろう。そもそも健康な人の眼球は常時微量の涙によって洗われていて、その分泌量は男性よりも女性が多いという。またホルモンなどの生理作用によっても涙の分泌量に男女の性差があることを生化学者は指摘するが、それ以上に涙には社会的要因が作用しているのである。

日本神話では、この世で初めて泣いたのはイザナギという男神であり、その神の涙から涕泣の女神が生まれたと語る。火の神を生んで死の床に就いた妻のイザナミ女神を哀しんで、イザナギは、妻の枕元に腹ばい、足元に腹ばい慟哭した。その涙に出現したのが、人の世の葬礼と関係する泣沢女神《なきさわめのかみ》である。さらにイザナギの息子スサノヲもまた死んだ母神イザナミを慕って号泣する神として知られている。古代における涕泣と葬礼との密接な関係は、次の『万葉集』の歌によっても知れるだろう。

泣沢《なきさは》の神社《もり》に神酒《みわ》据《す》ゑ祈《いの》れども我が大君《おほきみ》は高日《たかひ》知《し》らしぬ　（巻二・二〇二）

泣沢の女神への祈りは招魂のためであった。招魂の祈り、すなわちよみがえりを願う魂呼《たまよ》ばいも死者を弔う儀礼の一環である。右の歌は、その甲斐もなく我が君は天界へ去ってしまったと歌う。これは天武天皇の皇子（高市皇子《たけちのみこ》）の葬礼に詠まれた挽歌である。後世、世俗の諺に「泣きまねをするな、親が死ぬから」という禁忌があるのも、泣くことと死の儀礼とが不可分の関係にあった時代のなごりであろう。

古代中国には大声をあげて死者を泣き悲しむ「哭《こく》」という哀悼儀礼があった。二〇〇二年に「涙女」という中国映画が作られたのも、葬礼で泣く役割をになった女がいた習俗をふまえたものである。中国だけでなく日本古代の葬礼でも「なきめ（哭女・泣女）」と呼ばれる女たちがいた。前述の女神「泣沢女」のサハ（沢）は沢山《たくさん》という意味であり、この神の名は「とても多く泣く女」という意味である。これは死者を弔う方法として泣くことが不可欠だった習俗を表わしている。古代だけではない。南島の与那国島の葬送儀礼では近年に至るまで泣き歌が歌われていたともいう。納棺するまでの間、遺体を前にして、「アハリドー（哀れぞ）」と言う歌詞によって「カディナテイ（風のような泣き）」が歌われ続けたという。本土の民俗でも葬礼における「泣女」の役割が全国各地にあった。喪主の家では、死者をいっそう深く悲しむために、声を上げて巧みに泣く女をあえて雇った。しかもそれには、泣きっぷりの善し悪しによって「一升泣き」「二升泣き」あるいは「三升泣き」といった報酬のレベルがあったという。「何升泣き」とは、お米何升分の泣き賃という意味である。江戸の戯作《げさく》、静観房著『当世下手談義《いまようへただんぎ》』巻の二に、葬儀屋が出す引札の中に泣き役の賃貸し（レンタル）があるのも、その習俗をふまえてのことであった。

これらのことから考えられるのは、過去においては、しかるべき場所に於いて、女には泣かねばならない義務があった、ということである。それはまた半面、男に課せられた泣くなという禁忌から見れば、女には泣くことのできる権利があったと言ってもいいだろう。しかし社会におけるそうした制度的保証は疾《と》うの昔に大方無くなってしまった。

人前で泣くものではないという内的な規制とともに、泣くべき場が失われたことによっても現代の我々はいっそう泣けなくなった。もし、唯一涙が許される場を挙げるとすれば、それは大きなスポーツ大会ぐらいだろう。そこでは選手も観衆も遠慮なく泣くことができる。甲子園では高等学校の球児たちや応援団の女生徒たちが今年もまたみんなの前で涙を流すだろう。しかし、誰にとってもほかに悲しいこと嬉しいことは沢山あるはずである。他人に不快感を与えず泣くことのできる場面は人生に幾らでもある。泣くのは自然なことであり、人間は男も女も泣く能力を備えて生まれてきた。

泣くことが男らしくなく惰弱な人間のすることだという観念が強くあった江戸時代に、むしろ女々しいことこそ人間の真情だ、と主張したのは町人学者の本居宣長であった。「おほかた人は、いかに賢《さか》しきも、心のおくをたづぬれば、女わらはべなどにもことに異ならず、すべて物はかなくめゝしき所おほきもの」（『石上私淑言《いそのかみのささめごと》』）だと宣長はいう。また、たとえ武士であろうとも、討死にするときは、さすがに故郷の父母も恋しかろうし、妻子の顔もいま一度見たかろう。命だって惜しいと思うだろう。それこそ「のがれがたき人のまことの情《こころ》」（『源氏物語玉《たま》の小櫛《おぐし》』）なのだと言って、男が泣く場面を肯定した。また、低級な芝居はお涙ちょうだいと批判されるが、悲劇はそもそも人を泣かせるためにこそある。つまりはギリシアの昔から人間を泣かせるための文化的な制度が歴史上にあったということである。アリストテレスが、悲劇は「感情の浄化（カタルシス）」を達成することだと『詩学』に述べたことは余りにも有名である。涙は、その感情の浄化にともなって外に流れ出《い》で、他人に知られる明らかなしるしとなる。泣くことは外部に向けられた感情表現の一種でもあり、いわゆるボディランゲージである。それはものごとに共感する自分の心を言葉よりも強く真摯《しんし》に表現できる手段でもある。

年間の自殺者が二万人を越える昨今、現代人は泣くこともできない絶望的な孤独に陥っているのかも知れない。

第3章　太郎冠者と狂言の笑い

涕泣にさまざまな涙があるように、笑いにもさまざまな笑いがある。楽しい気分から湧き出るほがらかな笑い。滑稽な場面に出会ったときの吹き出し笑い。このほか、あざ笑い、苦笑、失笑、愛想笑い、照れ笑いなどもある。泣くことと同様、笑いもまた言語に代わるわれわれの表現手段であり、そこに言語との緊張した関係を見ることができる。

能《のう》と狂言は日本の古い演劇である。能とともに演じられる軽いコメディを狂言という。「狂」の字が示すように少し常識外れの行動が滑稽に演じられる比較的短い劇である。もともと能と狂言は「さるがく」と呼ばれて、「猿楽」「申楽」あるいは「散楽」の字が当てられていた。「猿楽」を「申楽」と書くのは、「猿」の字を嫌って十二支の「申《さる》」を当てたものである。それによって、「申楽」とは「神楽」の「神」の字の示偏を取り除いたもので、本来は神を祭る神楽であるといった説まで生まれた。役者は舞台の上では神にも乞食にもなる。とりわけ能には神が登場する神事性があるのだが、それはともかく、なぜそれが「猿」楽と呼ばれたのであろうか。

猿は、神の使いとして尊ばれた日枝《ひえ》神社の山王権現《さんのうごんげん》を除けば、一般に滑稽な笑いの対象だった。自分の欠点を棚に上げて他人の欠点を笑う愚かな行為を「猿の尻笑い」という。また「猿まね」という言葉もある。狂言には、まさにその猿が登場する『靫猿《うつぼざる》』という演目がある。猿の使い手、猿引きとは、猿回しのことで、「猿回し」は正確にいうと「猿舞《さるま》わし」である。歌に合わせて猿にさまざまな物まねをさせて見物人の笑いを取るこの芸能はずいぶん古くからあった。能の大成者世阿弥《ぜあみ》は、能とは「物まね」であると説いた。能が「猿楽」と呼ばれたのは、猿と物まねのこうした結びつきと無縁ではないであろう。世阿弥の時代になると、優雅でまじめな劇は能として独立し、滑稽を中心とした劇は狂言に受け継がれたが、本来はともに「猿楽」として一体のものだったと考えられている。

では、その猿を人はなぜ笑うのだろうか。猿引きが見物人の笑いを取るのは、猿に人間の真似をさせるからである。そもそも二本足で立ち、知能が高く両手を自在に使う猿は人間に似ている。しかし、人間の行為を真似てもどこか間が抜けていて、そのズレが笑いの対象になるのだろう。猿は、猿引きの指示に従って訓練されたことをただぎこちなく機械的に行なうだけであり、ここに哲学者ベルグソンの笑いの説が思い合わされる。彼は、臨機応変の柔軟さを欠いた「生《せい》の機械化」こそが滑稽をもたらすと考えた。またそのほかに「言葉や場面の周期的な繰り返し」「役割の対称的なひっくり返し」「まじめな取り違え」あるいは「別個に存在する事件の系列の交叉」を、喜劇の常套的な技巧として挙げている（林達夫訳『笑い』）。ほぼこれらはすべて狂言の笑いのなかに込められている。

猿が摸倣する人間の行為は、猿にとって異なる意味や価値を持った領域であり、そこに取り違えが生じていると見ることもできるであろう。梅原猛は、それぞれ異なった意味領域または価値領域に属するものの間に取り違えを起こした者の価値低下として笑いが生じるのだという。また、その笑いは、意味を取り違えるようなことをしでかした者の価値を貶《おとし》めることによって、世界が無意味の混乱に陥らないように、秩序を保つための行為なのだとも説いた(『笑いの構造——感情分析の試み』角川選書、一九七二)。言われてみればなるほど、日本神話においても、太陽神アマテラスが天《あめ》の岩屋戸《いわやど》に籠もったことで起きた世界の混沌が、アメノウズメのセクシーダンス(世阿弥によれば神楽)を見た神々の哄笑によって回復したとか、正体が分からぬ猿田彦《さるたびこ》(その名も猿である)という神がアメノウズメに笑われることで服従の意志を表明したと語られている。

猿の場合は、取り違えが猿引きによって強制されたものであるが、それを行なえば餌にありつけるという猿の価値領域は、猿が摸倣する行為の人間の価値領域とはまったく別ものである。そこに笑いが生じるのだが、もし猿の行為に、人間に使われる哀れな動物の姿を感じたらどうなるであろうか。そのような同情が生まれたとき、もはやだれも笑うことはできない。滑稽な行ないをした者とそれを笑う者との間に一切の同情が存在しないこと、あるいは同情する暇がないほどその行為が突然であること、それが笑いの生じる大前提である。笑いはそもそも突然やってくる。それに対して同情は時間を置いて次第に生じる。実際、例に挙げた狂言の『靫猿』は、猿引きを見かけた大名が弓の矢を入れる靫《うつぼ》の革にするからその猿を殺せという横暴な話から始まっていて、猿に対する同情と笑いが同居したような内容になっている。始めは高圧的な態度に出た大名も、あどけない猿の様子に心打たれ、猿が一踊りするたびに褒美として太刀、裃《かみしも》、扇と次々に自分の持ち物を与えて次第に陽気になり、ついには自分が猿の芸の真似までするに至る。そこには、始めに猿の命を奪おうとしながらしまいには自分の持ち物をすべて与えるという転倒、さらにまた、人まねをして踊る猿に興じながらついには自分が猿の真似をして踊る、という二重の転倒があって、それらが観客の笑いを誘っていると見ることができるだろう。人に「笑われる」ことが、軽蔑されること、屈辱を受けることを意味するように、笑う者は笑われるものに対して優位的な立場に立つが、そこに少しでも同情の心が生じてはならない。笑いとは、警戒心や同情が生じない精神状態の中で、常識や予期に反する事態にわれわれが突然出会ったときに生じる身体的反応ではなかろうか。

能や狂言では劇の主役となる中心人物をシテという。太郎冠者《たろうかじゃ》が登場する狂言では、多くの場合シテとなるのは太郎冠者であり、彼が仕える主人は舞台の上ではアドと呼ばれる脇役であることが多い。ここにまず現実との間の転倒した関係を見ることができる。もちろん主従の逆転は劇の内容にそのまま現われることもある。たとえば『二人大名』もその例であるが、荒馬を乗りこなす呪文を覚えた太郎冠者が、主人を従者のように歩かせ、自分は馬に乗って出かけるという『止動方角《しどうほうがく》』などは典型的な主従逆転の狂言であり、狂言という劇が生まれた中世の下克上の風潮を思わせる話になっている。狂言に登場する大名は一人か二人の奉公人を抱える地方の小領主に過ぎないけれども、それでも主人は主人であった。その権威がひっくり返るところに笑いが生じるのである。

笑いを作り出すために少し複雑な転倒の形式を用いているのは、学校の教科書にも載っていてよく知られた『附子《ぶす》』という狂言である。小僧の智恵として古くから説話集にも見える話であるが、狂言では次のような展開になっている。

太郎冠者と次郎冠者に留守番を言い付けた主人が、貴重な砂糖（飴状になった砂糖）を食べられないようにブスという猛毒だと偽って外出するのだが、二人は留守中にその嘘を見破ってそれをすっかり食べてしまう。その後で、悪知恵を働かせた太郎冠者は、次郎冠者を誘って、主人が大切にしている掛け軸を引き裂き、また貴重な天目茶碗《てんもくぢやわん》を割って、帰宅した主人に事実をまるっきり転倒させて報告し、巧みに言い逃れようとする。つまり、主人の留守中、眠気覚しに二人で相撲を取ったとき思わず大切な家宝の掛け軸を引き裂き天目茶碗を割ってしまったので、取り返しのつかないことをしてしまったと思い、猛毒のブスを食べて死んでお詫びをしようと考えたのだと嘘をついたのである。言いわけに主人の前で二人が歌う「一口食へどもまだ死なず、二口食へども死なれもせず……」という謡いによって滑稽さは頂点に達する。

太郎冠者の智恵は、砂糖を猛毒のブスだと偽った主人の浅はかな智恵よりも一枚上手だった。彼は、事実を巧みに転倒させ、毒だから食うなという主人の忠告をまったく異なる文脈に置き換えて、毒だから食って死のうと思ったのだという意外な意味に転位させたのである。あるいはまた、「食ったら死ぬ」という忠告を「死ぬために食った」という言いわけに転倒させたと言っても良い。

ところが、自己の利害のためにはこのような智恵がはたらく太郎冠者も、ほかの作品では都の詐欺師に簡単にだまされる田舎者であり、主人の言葉をよく確認もしないで使いに出かける粗忽者でもあった。たとえば『鐘《かね》の音《ね》』という狂言はこうである。主人が我が子の成人を祝って太刀の差し初めをさせようと思い、鞘の飾りに金《こがね》の熨斗《のし》付けをするための「付け金の値《ね》」を聞きに太郎冠者を鎌倉へ遣わすが、彼は主人の言葉を「撞《つ》き鐘の音《ね》」と取り違えて、鎌倉の寺々の鐘を撞き、その音の良し悪しを調べて帰ってくる。じつに馬鹿げた話ではあるが、この場合の笑いは発音が同じ音声言語から生ずる意味解釈のズレを利用したものである。つまり、「かねのね」という音声言語が持つ両義性が伝達の正確さをそこねたことを利用したもので、狂言の笑いと言葉の関係の一端がここに表われている。主人の言葉の意味を取り違えたのはもちろん太郎冠者が迂闊《うかつ》だったからだが、それだけでなく同時にまた同音異義語が多いという日本語の性格もそれに一役買っているだろう。しかし一方でまた日本語のこうした性格は、和歌文芸の世界では、掛《か》け詞《ことば》と呼ばれる修辞法ともなっているのである。

J・モリオールは、「笑いは愉快な心理的転位から生じる」こと、言い換えれば「笑いは心理的転位から生じる愉快さの表現である」という説を提案した（『ユーモア社会をもとめて——笑いの人間学』森下伸也訳、新曜社、一九九五）。「転位」とは、安定的なシステムと考えられているものからの突然のズレである。あるいは置き換わりと言ったほうがより正確であろう。「金《かね》の値《ね》」と「鐘《かね》の音《ね》」の関係は、音を同じくして意味が完全に置き換わっているからである。

狂言が生まれた中世は、和歌の上の句（五七五）と下の句（七七）を別々に詠み合ってつなげる連歌《れんが》という文芸が盛んだった。松の木を賭け物にして主人が太郎冠者と連歌する『富士松』という作品から、付け合いの一例を引いてみよう。太郎冠者を何とかやり込めようとする主人は、難句だと言って、

奥山に船こぐ音《おと》の聞ゆるは

という句を詠み、それに継ぐ下の句を要求した。連歌の付け合いは、言語の多義性、両義性を楽しむ言葉遊びである。いつもは失敗して主人に叱られている太郎冠者が『附子』と同様ここ

でも主人の智恵を凌駕する者として登場する。この句に、彼は、

四方《よも》の木《こ》の実《み》やうみ渡るらん

と付けた。すなわち両句を合わせて、

奥山に船こぐ音の聞ゆるは　四方《よも》の木《こ》の実《み》やうみ渡るらん

という一首に仕立てたわけである。「奥山に船こぐ音」という謎めいた上の句を聞いたときの緊張は、予期せぬ下の句を聞いて一瞬にほどける。緊張が一気に弛緩するこの感情的な落差がわれわれの筋肉を痙攣《けいれん》させ、笑いを生じさせるのである。ただし、この場合は、多少の知的な読解を必要とする。上の句の船漕ぐ音を「海渡る」音と下の句で承けながら、しかもその同音を山の木の実が一面に「熟《う》みわたる」（そして落ちる）音の意味に置き換えたのである。

要するに、「かねのね」の意味を取り違えたことと連歌における言語遊戯とは、日本語の同音異義語という同じ言語的基盤によるものであった。一方では正確を期すべき日常のコミュニケーションにおいて言語の多義性が介在したために太郎冠者の行為はとんだ失敗に終わるが、もう一方ではそれを積極的に活用することで逆に賞賛につながったということになるだろう。

どちらも言語の多義性に関わることには違いないし、またどちらももとの文脈から意味をずらしたり別の文脈に置き換えたりすることで意外な展開となり、それが笑いを誘う要素となっている。

日常生活の次元で言えば、太郎冠者は主人の言う言葉の意味をずらしたり置き換えたりしてはいけない。狂言では使者に立った太郎冠者が主人の伝言をまったく同様に繰り返す例もしばしば見られる。主人の伝言を繰り返すという立場は、主体性を持たない単なる伝達者として、どちらかといえば脇役がふさわしいはずだが、実際は太郎冠者が狂言におけるシテすなわち中心人物となることが多い。そしてその転倒こそが狂言を喜劇として成り立たせているわけである。主人の命令に忠実に従って振る舞うべき奉公人が、芝居のシテ（為手）となるためには、その立場からの逸脱と転倒が必要なのだ。『附子』で見たように太郎冠者はときに自分で勝手な話を作って主人をだます。奉公人としてはあるまじきことであるが、自らの言葉を語ることではじめて劇のシテになることができるわけである。狂言という喜劇はこのような転倒を本質としている。

ところで、太郎冠者がもしまた主人の言葉をただ機械的に繰り返すだけの存在だったならばどうなるだろうか。少なくとも前に挙げた『富士松』のような狂言は生まれないだろう。主人との連歌は、太郎冠者が主人の提示する句の意味を主体的にずらし置き換えることによってのみ可能となるからである。さまざまな行為の機械的な繰り返しも狂言が作り出す笑いの要素ではあるが、もし主人の言葉をただ機械的に繰り返すだけならば、連歌にならないどころか、極端に言えば通常のコミュニケーションすら成り立たなくなるだろう。

子どもが戯《ざ》れごとで他人の口まねを繰り返すことがある。始めは滑稽に感じられるから真似される方も笑ってすませられるが、しかしたび重なると次第にたまらなくなるものだ。他人が自分の言葉をまったく同様に繰り返すことで、言葉の伝達機能が失われ、意味を託すことが出来なくなるという途方もない虚しさに陥るからである。自分の言った言葉が空しく自分にはね返ってくる現象、これを昔の人は木霊《こだま》とか山彦《やまびこ》といった。いずれも人の真似をする妖怪のことである。これに関連して思い合わされるのは、主人の口まねを繰り返す太郎冠者の行為が止まらなくなる『察化《さっか》』という狂言である。

『察化』は、笑いの後にどことなく気味の悪さが残る作品である。都の伯父に頼み事があるので連れてきて欲しいと、主人は太郎冠者を都へ遣わすが、例によってそそっかしい太郎冠者は伯父の住所も人相も聞かずに旅立つ。話の前半は、「末広《すえひろ》がり」が扇子だということを知らずに、だまされて都から傘を買ってくる『末広がり』と同じパターンである。以下、ここでは異様さが際だっている大蔵流山本家の写本を底本にした日本古典文学大系『狂言集』のテキストによろう。太郎冠者が知っている伯父の情報はただ忙しい人ということだけだった。都へ着いた太郎冠者は広い洛中を、主人の伯父様の家はないかと呼ばわって歩く。これもまた狂言らしい馬鹿げた話である。そこへ田舎者を騙《だま》そうと狙っている「察化」が現われ、伯父に成りすまして田舎へ下る。「察化」とは盗人のことらしいが、太郎冠者が主人の伯父だと思って連れてきたのは、なんと都でも有名な「見乞いの察化」、つまり人の物は見るままに強奪するという盗人であり、「すっぱ」すなわち詐欺師であった。ここから後が『末広がり』と比べるとナンセンスの質が大きく異なっている。

太郎冠者がとんでもない客を連れてきたことに主人は当惑し、事を荒立てずご馳走して早く帰そうと考えるのだが、無知な太郎冠者の、察化への応対が何とも心許ない。業を煮やした主人は、自分が出て挨拶するから、お前はおれの「口まね」だけしていればよいといって、まず最初に「太郎冠者、お盃《さかずき》を出せ」と命じた。すると太郎冠者も察化に向かって同じく「太郎冠者、お盃を出せ」と繰り返した。腹を立てた主人は、「ヤイお盃を出せとは汝《なんじ》に言うことじゃ。ヤイこちへ来い」、「おのれは何と心得ている。あれ、彼方《あなた》はお客。お盃を出せとはおのれに言うことじゃ」と怒って太郎冠者の肩を扇でたたく。太郎冠者は、察化に向かってこのことをまったく鸚鵡返しに言い、したたかその肩をたたいた。お客を打擲《ちょうちゃく》する様子を見て、主人は怒り心頭に発し、「ヤアラおのれは憎いやつの！　お盃を出せとはおのれに言うことじゃ」と繰り返して今度は彼の耳を引っ張った。すると太郎冠者は再び察化に向かって同じ言葉を浴びせ、同じようにその耳を引っ張ったからたまらない。主人は察化に詫びをしつつ、太郎冠者を罵倒しながらとうとう突き倒すのだが、主人の真似をせよと命じられた彼の行為は止むべききっかけを失って、同じ言葉で察化を罵倒しながら突き倒すに至る。舞台上の彼はほとんど自分を失ってものに取り憑かれたような状態になる。

これに似た狂言に、梟《ふくろう》の精霊が取り憑いて「ホホン」という鳴き声を出すようになった男を、祈禱して治そうとした山伏が、自分もまた取り憑かれて「ホホン」という鳴き声が止まらなくなってしまう『梟山伏』の例がある。霊能者が神懸かりするのはわりとやさしいが、難しいのはむしろそれを解いて平常の意識に戻すことだという。太郎冠者の場合もそれに似ている。察化は、永遠に止まらなくなった主従の振る舞いに、ほとほと呆れて詐欺の目的を果たせずに退散する。

この狂言は、木霊や山彦のようにまったく同様にはね返ってくる言葉によってコミュニケーションがとれず、人間関係がばらばらになって終わるという、どこか気味の悪いものになっているのだが、結果的には太郎冠者の愚かな行為——否、実は計算された演技だったかも知れない——が詐欺師の撃退につながったわけで、ナンセンスな笑いとともに話の結末は一応つけられてはいる。劇が終わった後に残る笑いの後味の悪さは、太郎冠者と主人とがまったくコミュニケーションがとれない状態に陥ってしまう異常性によるのだろう。主人の命令に忠実に従った太郎冠者の行為は徹底した主人の行為の繰り返しであった。笑いの本質を、笑い声の単純な繰り返しに注目し、民話における木霊の例を挙げて、コミュニケーションを無化する作用に求める説（小馬徹「笑い殺す神の論理」『笑いのコスモロジー』勁草書房、一九九九）もあって、この狂言はさしずめその極端な一例と言えるだろう。

＊狂言の本文は次の図書によった。
日本古典文学大系42『狂言集』上（小山弘志校注、岩波書店、一九六〇）

第4章　鬼と風説

――『徒然草』第五三段――

鬼は今でも民俗行事のなかに生きている。しかし実際に存在すると信じる人はいないだろう。だが、昔は京においてさえしばしば鬼出現の噂があった。平安時代の貴族の日記『殿暦』によれば、康和五年（一一〇三）三月、鬼神横行の妖言があり、京の人々は門戸を閉ざして家にこもったという。そのように恐れ忌避されてきた鬼ではあるが、その幻影のうちには同時にまた悲しい姿が重なっている。

時代は中世、十四世紀のことである。京の街を奇妙な者が歩いていた。道で会う人々は皆その姿を不思議そうにながめ、小首をかしげたに違いない。あれは一体何だ？　杖をつき、僧に手を引かれて歩く一人の男で、着ているものから、やはり彼も僧であることが知れたが、一枚の薄い衣（かたびら）をかぶっているので顔は見えない。杖をついて目が見えない僧形のものといえば琵琶法師でもあろうが、奇妙なのはその頭の格好であった。どう見ても尋常の頭ではない。通常よりは少し大きく、そのうえ頭頂部に角のような突起が三つある様子なのだ。手を引く僧もきまり悪そうである。人に見せられない、どんな顔があの衣の下に隠されているのだろうか。人々には何となく想い合わされることもあったが、しかし誰もそれをはっきりと口に出す者はいなかった――。

多少私の想像を加えたが、これは卜部兼好の随筆『徒然草』第五三段に載る仁和寺の僧の話である。一体誰が想像できるだろうか、人々が怪訝《けげん》に思った彼の頭の形は、じつは鼎《かなえ》という金属製の容器だったのである。角のように突き出たものは、鼎の三つの脚で、酒宴に興ずるあまり、これを被って愉快に舞ってはみたものの、ついには抜けなくなってしまったという、間抜けな失態の所産だったのだ。『徒然草』の原文を引用してみよう。

仁和寺《にんなじ》の法師、童《わらは》の法師にならんとする名残《なごり》とて、おのおのあそぶ事ありけるに、酔ひて興に入るあまり、傍《かたはら》なる足鼎《あしがなへ》を取りて、頭《かしら》にかづきたれば、つまるやうにするを、鼻をおしひらめて、顔をさし入れて、舞ひ出でたるに、満座興に入る事かぎりなし。

鼎

「童」は「稚児《ちご》」とも言い、寺院の雑用に使われた少年で、禁欲生活の僧たちの愛玩の対象であった。その少年が成長していよいよ出家することになった折のことである。名残を惜しむ宴会は、飲めや歌え、歌えや踊れの大騒ぎだったが、しかしまあ、よくも思い付いたものである。その場に有り合わせた鼎は、つるつるの坊主頭がやっと入る程度で、「つまるやうにするを、鼻をおしひらめて」（つっかえるようだったが、鼻を押しつぶして）とあるから、かなり無理をして被ったのである。当座の盛り上がりは、後々のことなど思いもよらなかったに違いない。鼎を足鼎といって「足」を強調しているところに意味があった。さあさあ鼎の舞の始まり始まり――。いやあ、じつに愉快々々。兼好の文章からは、一座の者たちが転げ回って可笑しがる様子まで目に見えそうである。

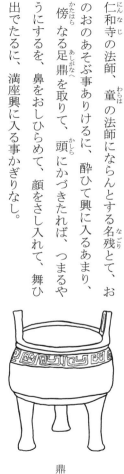

さて、この愉快な舞が一息ついたところで、座中一転たいへんな興ざめとなった。

しばしかなでて後、抜かんとするに、大方《おほかた》ぬかれず。酒宴ことさめて、いかがはせんと惑《まど》ひけり。とかくすれば、頸《くび》のまはり欠けて、血垂《た》り、ただ腫《は》れに腫れみちて、息もつまりければ、打ち割らんとすれど、たやすく割れず、響きて堪《た》へがたかりければ、かなはで、すべきやうなくて、三足《みつあし》なる角の上に、かたびらをうちかけて、手をひき杖をつかせて、京なる医師《くすし》のがり、率《ゐ》て行きける。道すがら人の怪《あや》しみ見ること限りなし。

街頭で京の人々が見かけた奇妙なものの正体がこれであった。医者のもとへ急ぐ気の毒な患者ではあろうが、事情を聞けばつい吹き出してしまう者もあろう。そもそも事の始まりが道化であり、彼は道化の姿のまま悲劇の人物になったからである。医者の前でもそうだった。風変わりな患者を前に、医者は処置に困って腕を組む。なんとも珍妙な図ではないか。治療の術《すべ》もなく再び寺へ帰って、病床に横たわる姿もそうだった。駆け付けた老母をはじめ、親しい者たちが枕元に寄って泣き悲しむのだが、本人には聞こえているのやらどうやら分からない。

話の結末は、力まかせに鼎を引き抜き、耳鼻欠けながらも命ばかりは辛うじて助かったということになっているが、このとんだ災難、いや滑稽で馬鹿らしくさえある事故の顚末《てんまつ》の、その発端において、鼎を被るという児戯《じぎ》にも似た珍妙なアイデアはどこから生まれたのだろうか。——それは、新潮日本古典集成の校注者が指摘するように、当時の流行歌謡《はやりうた》だったと思われる。

我《われ》を頼《たの》めて来《こ》ぬ男、
角《つの》三つ生《お》ひたる鬼になれ、さて人に疎《うと》まれよ、
霜雪霰降る水田《みづた》の鳥となれ、さて足冷《つめた》かれ、
池のうきくさとなりねかし、
と揺《ゆ》りかう揺り揺られ歩《あり》け

（『梁塵秘抄』巻二）

例えばこんな歌である。これは、口先だけの不実な男を恨む女の歌である。彼の僧は、傍にあった鼎の脚を見て、とっさにこのたぐいの流行歌謡がひらめいたに違いない。三脚の鼎、これを被ればまさに「角三つ生ひたる鬼」になる、と。この発想の転換までは素晴らしかった。右の酒宴の場でも、周りの者たちはおそらくこのような歌謡で囃し立て、彼は得意げに舞ったのであろう。

この歌の余韻は、不幸にも抜けなくなった鼎を衣で覆い、京の街を行く姿にまでずっと響いている。これを見た京の人々もまた右のような歌謡の文句を想い合わせたに違いない。なぜな

ら、あえて「三足なる角」の上にかたびらをうち掛けて、と書いた兼好の文章は、人々のそのような視線を巧妙に感じさせる書きぶりになっているからである。

ここで私は思う。もし、彼の僧を見たある者が、あれは角が三本生えた鬼になった男に相違ないと早合点して、それを他の人に伝えたらどうなるだろうか、と。「一犬虚《きよ》に吠《ほ》ゆれば、万《ばん》犬実《けんじつ》を伝ふ」という諺がある。噂はたちまち京中に広がるだろう。これは決して根拠のない空想ではない。証拠があるのだ。しかも『徒然草』のその中に。第五〇段の鬼の話である。原文は省略するが、応長の頃というから、十四世紀の初め、兼好法師三十歳頃のことで、京の街に実際にあった出来事だったらしい。伊勢の国から鬼になった女を連れて来たとの噂が京中に広まった。貴賤老若みな鬼の話題で持ちきりとなり、その鬼をひとめ見ようと、数多《あまた》の群衆が京中を彼方此方《かなたこなた》に津波のごとく押し寄せては引く。「まさしく見たりといふ人もなく、虚言《そらごと》といふ人もなし」というなかで、狂奔する人々を眼前に見たとき、まさかと思った兼好も人をやって確かめようとしたほどであった。

一般に、茫漠《ぼうばく》とした不安が世上に漂っているとき、流言蜚語《りゆうげんひご》はまたたく間に都市の群衆の心を捉える。それは現代にも見られる現象であるが、この場合それが鬼だったところに時代の特色が感じられる。鬼は京の人々にとってきわめて身近な存在だった。しかしまた本来忌避されるものだったから、実際に見ることは稀であり、出会わないことをむしろ幸いとした。白昼の鬼は見世物に過ぎないが、百鬼夜行《ひやつきやぎよう》の恐るべき夜もあった。鬼と出会えば災厄たちまちに至る。もっとも、鬼も神も、もとは人間と考えられていた。人は変じて鬼となる。つれない男を鬼になれと呪った『梁塵秘抄』の女の言葉の根拠がそこにある。けれども、女に呪われて鬼になった男の話は聞かない。反対に、鬼になれと呪うしか術《すべ》のなかった弱い立場が、嫉妬や恨みに狂う女たち自身を鬼に変貌させた。伊勢の国から来たという噂の鬼も例外ではなかったろう。能における般若《はんにゃ》（鬼女）の姿も、怨念と悲嘆に身を焦がす女の心を表わしている。

　ところで、兼好が聞いた鬼の噂は結局「虚言」だったという。それでは噂に踊らされた京の人々の熱狂は一体何だったのだろうか。そのころ、二日三日はやり病《やまい》が人々を襲ったという。疫病である。鬼の騒ぎはその予兆を示すものだったとある人が言った、と兼好は付け加えた。――さもありなん。鬼が実体のないものだったにしても、その観念は人々の心の中にある厳然たる事実であった。だから、鼎を被って災難にあった仁和寺の僧の場合も、単純な事故ではない。ほかならぬ鬼を演じたことと密接な関係があったのである。

＊『徒然草』『梁塵秘抄』の引用は次の図書によった。

新潮日本古典集成『徒然草』（木藤才蔵校注、新潮社、一九七七）
日本古典文学大系73『梁塵秘抄』（志田延義校注、岩波書店、一九六五）

第5章　天狗の首魁《しゅかい》

――崇徳院と西行――

保元の乱に敗れて都から讃岐の松山（現香川県坂出市）に流され、その地で没した崇徳院（崇徳上皇）は、朝廷に対する怨念から冥界の魔王となって白峯の大天狗を従え、歴史上における世のさまざまな争乱を引き起こしたと伝える。これは単なる伝説に過ぎない。が、しかしその物語のなかには人間誰しもが持っている魔性の心が語られているのではないだろうか。

人里離れた深山には天狗が棲むと、昔の人はそう考えた。わけても洛北《らくほく》鞍馬の奥、僧正《そうじよう》が谷《たに》に棲む僧正坊を始め、同じく京都西北の愛宕山《あたごやま》の太郎坊、琵琶湖の西方比良山《ひらやま》の次郎坊、九州英彦山《ひこさん》の豊前坊《ぶぜんぼう》、四国白峯《しらみね》の相模坊、鳥取県大山《だいせん》の伯耆坊《ほうきぼう》、信州飯綱《いづな》の三郎、駿州《すんしゆう》富士の太郎坊、これらは古来天狗の巨魁《きよかい》として知られていた。山岳信仰や山伏《やまぶし》とも関連していて、天狗とはいかなるものであったか、そう簡単には決めつけられないが、鳶《とび》の嘴《くちばし》と翼を持ったその姿から、飛行自在の通力《つうりき》をもって仏法の妨げをなす妖魔とも考えられていた。すなわち元来は仏法（仏教の教え）の敵という側面を持つ。そしてまた中世には政治上の権力闘争に暗躍する妖魔とも考えられていた。これは仏法王法牛角《ごかく》の観念によるもので、これも仏法と無縁ではない。古代・中世の仏教は護国鎮護という政治的役割をになっていたからである。王法とは世俗の政治権力をいい、仏法王法牛角とは、仏法と王法は互角であり、ともに尊崇されてこそ世がうまく治まるという観念である。このような観念とともに政治上の権力闘争を冥界から煽《あお》り立てる天狗たちが、中世の軍記物語の中に登場してくる。彼らの目的はひとえに権力者の我《が》執《しゆう》憍慢《きようまん》の心に取り入ってそれを増長させることにあった。

昔から名ある諸天狗のうち相模坊がいつごろから四国の白峯に棲むと考えられるようになったものか、しかとは知りがたい。一般に知られるところでは、十五世紀の謡曲「鞍馬天狗」に

「白峰の相模坊」と出てくる。また、元禄二年（一六八九）刊行の『四国霊場記集』によれば、相模坊が白峯寺の洞林院に祀られているともいう。この地はまた、むかし保元の乱（一一五六）に敗れた崇徳院《すとくいん》の墓所として知られる所であり、十三世紀の成立と考えられている軍記物語『保元物語』では、朝廷の権力闘争に敗れ、今の香川県、讃岐《さぬき》の松山に流されて怨恨の日々を送っていた院自身が朝廷の非情な仕打ちにあって生きながら天狗になったと語られている。その後、謡曲「松山天狗」では、崇徳院の心に相模坊が取り入ったことになっているが、いずれにしても白峯の地で院が魔道に魅入られたことに変わりはない。

魔縁は人の怨みや慢心を駆り立てて修羅闘諍《しゅらとうじょう》の心を募らせる。「松山天狗」では、院の死後白峯の墓所に詣でた西行法師の前にその亡霊が現われ、都のことを思い出して憤怒の相に変じると、そこに眷属《けんぞく》を引き連れた相模坊が現われる。謡曲の本文では、妖魔の出現を次のように語る。

あれあれ見よや白峯の、山風荒く吹き落ちて、神鳴稲妻《かみなりいなづま》頻りに充ち満ちて、雨遠近《をちこち》の雲間より天狗の姿はあらはれたり。

こうして現われた相模坊が、院の前に蹲居《そんきょ》し、保元の乱で敵対した弟後白河院《ごしらかわいん》方の者たちをことごとく蹴殺して会稽《かいけい》の恥を雪《すす》がんと申し出たとき、亡霊の顔がようやく和らいだとある。

怨恨を持つ亡霊が登場する能では、一時的にしろ最後にはその怨みを解消して舞台を去って行くのが通例だが、意外にもこの曲ではシテが復讐の鬼となったままで終わる。これは院が死後、天狗たちの頂点に立つ魔王となってこの世を擾乱《じょうらん》し続けていると信じられたことによるものであろう。西行の供養によっても院の亡霊は救済されることがなかった。ただし、それほどの怨恨の深さにもかかわらず、能では院自らは妖魔の姿に変じることなく、あくまでも貴人の姿で現われる。これは、優美さをむねとする能の演出によるものである。しかし、古い軍記物語に語られるその姿はひどく奇怪なものであった。

前述のように、『保元物語』によれば、松山の配所における崇徳院は、生きながら天狗の姿に変じたという。松山に流されて後、院はせめて自らの後生《ごしょう》菩提《ぼだい》のために三年の間五部大乗経を一心に書写して都の仁和寺へ送った。しかし朝廷はこれを呪詛《じゅそ》のためと疑って再び彼のもとへ送り返したのである。この非情な仕打ちが彼の憤怒の情を一気に燃え上がらせた。後生菩提を願って書写したせっかくの経文《きょうもん》の置き所まで許されないのであれば、もはや朝廷は我が死後までの仇敵《かたき》である。しかじ、この経文をむしろ三悪道の地獄に抛《なげう》って「日本国の大悪魔」にならんにはと、舌の先を喰い破った血で、経文の奥にこのような誓文をしたためた彼は、その後、髪も梳《す》かず爪も切らず、一意専心に魔道に祈って、とうとう生きながらおぞましい天狗の姿に変じたと、この物語は語る。

保元の乱以後、武家の勢力拡大によってたび重なる争乱の時代がやってくる。中世の人々はこのような世相を、魔界からこの世を攪乱し続ける亡霊たちの仕業だと考えた。覇権を争う殺戮の巷《ちまた》を見て、魔道に落ちた者たちはさぞ満足の笑みを浮かべていたことであろう。だがまた、この世への執着を断ち切れず憤怒の炎を燃やし続けることは、我と我が身を永遠にさいなみ続けることにもほかならない。天狗道《てんぐどう》の苦しみは、熱鉄の塊《かたまり》を日に三度呑むことだと言われるが（『太平記』巻二五）、それはこの世で受けた仕打ちへの怨みから解放されないかぎり続く。しかし、それならば仏道がこれを救い得ようか——否である。そもそも院が魔道に落ちたきっかけは、仏教的な救済に対する深い絶望によっていたからだ。謡曲「松山天狗」が西行という僧を登場させながら、結局院を救い得なかったのもこのためであった。

崇徳院が他界して数年後に、白峯の墓を西行が訪れたのは史実である。歌人であった西行はその時、次のような三首の和歌を詠んでいる。

讃岐《さぬき》に詣《まう》でて、松山の津《つ》と申す所に、院おはしましけん御跡《おんあと》尋ねけれど、形《かた》も無かりければ

松山の波に流れて来《こ》し舟《ふね》のやがて空《むな》しく成りにけるかな
松山の波の景色《けしき》は変らじを形《かた》無く君はなりましにけり

白峯と申しける所に御墓《みはか》の侍《はべ》りけるにまゐりて
よしや君昔《むかし》の玉の床《ゆか》とてもかゝらん後《のち》は何にかはせん
（『山家集』より）

崇徳院の伝説に西行が登場するわけはこの史実にあった。先の「松山天狗」でも、院の亡霊が西行の詠んだ和歌に感じてその姿を現わす。西行は和歌の上で生前《せいぜん》の崇徳院とも交流があったから、これはいかにも自然な成り行きだと言えるが、しかしまた元来和歌すなわち詩的表現は常の言葉とは異なる力を持つもので、鬼神の心をも動かすと信じられていた。西行の和歌によって怨霊が鎮まるだろうとまで『保元物語』で期待されているのもそのためである。

ところで、白峯の墓所で詠んだ右の歌の内容は、仏道修行の身としては当然な人生の無常観によっている。かつて鳥羽《とば》上皇《じょうこう》北面の武士だった西行は、院生前の華やかな宮廷生活をよく知っていた。それゆえに、墓前に佇《たたず》んだ西行は、世の栄枯盛衰のありさまを身にしみて感じたことだろう。中世の仏教説話集がこれをまた見逃すはずはなかった。西行の自著に仮託した『撰集抄』の一章「讃州白峯之事」では、和歌を詠んだ西行の心境を次のように敷衍《ふえん》して語る。

清涼《せいりやう》紫宸《ししん》の間にやすみ給ひて、百官にいつかれさせ給ひ、後宮後房《こうきゆうこうぼう》のうてなには、三千の翡翠《ひすい》のかむざし鮮《あざ》やかにて、御《おん》まなじりにかゝらんとのみ、しあはせ給ひしぞかし。万《ばん》機《き》のまつりごとを、掌《たなごころ》に握《にぎ》らせ給ふのみにあらず。春は花の宴をもつぱらにし、秋は月のまへの興《きよう》つきせずぞ侍《はべ》りき。あに思ひきや、今かゝるべしとは。かけてもはかりきや、他国辺土《へんど》の山中の、おどろのもとに朽ちさせ給ふべしとは。貝鐘《かひかね》の声《こゑ》もせず、法花三《ほつけざん》昧《まい》つとむる僧一人もなき所に、たゞ峯の松風のはげしきのみにて、鳥だにも駆《か》けらぬありさまを見奉るに、そゞろに涙《なみだ》落し侍《はべ》りき。

はじめある物は終りありとは聞きしかども、いまだかゝる例《ためし》をばうけたまはり侍らず。されば、思《おも》ひを留《と》めまじきは此世《このよ》なり。一天《いつてん》の君《きみ》、万乗《ばんじよう》のあるじも、しかのごとし。苦を離れましく侍らねば、（注）刹利《せつり》も首陀《しゆだ》もかはらず。宮《みや》も藁家《わらや》もともに果てしなき物なれば、高位も願はしきにあらず。我らもいくたびか、かの国王ともなりけんなれども、隔生即《きやくしやうそく》忘《まう》して、すべて覚え侍らず。只《ただ》ゆきて止《と》まりはつべき仏果円満《ぶつかえんまん》の位のみぞゆかしく侍る。とにもかくにも、思ひつゞくるままに、涙のもれいで侍りしかば、

　よしや君むかしの玉の床《ゆか》とてもかゝらん後《のち》はなににかはせむ

とうち詠《えい》じて侍りき。　　　　　　　　　　　（『撰集抄』より）

（注）刹利、首陀…古代インドの身分制度カースト制によるクシャトリヤ（王族・武士階級）とシュドラ（奴隷）のこと。

「三千の翡翠《ひすい》のかむざし」とは、後宮における三千人の后妃のことで、白楽天の詩「長恨歌」による文飾である。また「万機《ばんき》のまつりごとを、掌《たなごころ》に握《にぎ》らせ給ふ」とは、政治権力を自由に行使できたことをいい、生前天皇の地位にあって栄華を極めたさまをいう。それに引き替え、今は都を遠く離れた四国の山中で、弔う者もなく亡骸は藪の中で朽ち果てて行くこの有り様を見るにつけ、人の世の虚しさを悟って成仏してほしいと『撰集抄』の西行は願う。が、「よしや君」の和歌は良し。しかし西行の説く和歌以外の言葉が魔道に落ちた者の耳に入るだろうか。贅言《ぜいげん》というべきであろう。

ただし、文学史の上では、『撰集抄』が残したこの贅言に崇徳院の反論を加えた一編の物語が後に生まれた。上田秋成著『雨月物語』の一章「白峯」である。これは中世争乱の時代をはるかに過ぎた江戸時代中期の作品ではあるが、院の亡霊の直接的な恐怖が薄れたことで、贅言がかえって人間一般の心に内在する闇の部分を鮮やかに描き出す結果となっている。

『雨月物語』では、院の亡霊と西行が、保元の乱の原因をめぐって激しく論争する。すべてを捨てた出家の身として、西行には何も恐れるものがなかった。隠遁歌人のイメージと異なり、大魔王となった崇徳院と激論するこの西行の姿は読者にとって痛快の極みである。物語中の彼は、乱を引き起こした院生前の行動を、すべてその身の野望から出たものと憚ることなく論断する。はじめはこれに反論した院の亡霊も最後には言葉を失う。が、しかし、どうしても西行の説得に従って解脱《げだつ》することはできなかった。院の怨念の強さは理性の支配を遥かに超えていたからである。西行の、「たゞく旧き讐《あた》

上田秋成著『雨月物語』（安永五年刊）挿絵の崇徳院
（国文学研究資料館所蔵）

をわすれ給ふて、浄土にかへらせ給はんこそ、願まほしき叡慮《えいりよ》なれ」という言葉に、いったんは承服しつつも、たちまち意を翻《ひるがえ》して「されどいかにせん」という、その言葉が印象的である。愚かなことと知りつつ、敵《かたき》から受けた心の傷をどうしても癒《いや》すことができない。我が心ながら、それをいかんともしがたいのである。そんなためしは、われわれ凡人にもあることである。畢竟《ひっきょう》、天狗道に落ちたと伝えられる崇徳院の姿は、人間だれもが持っている魔性ともいうべき心性の極端な一例にすぎないと言えるのではないだろうか。

＊『山家集』『撰集抄』の引用は次の図書によった。ただし、ひらがなを漢字に替えるなど読み易さを考えて多少表記の改変を行なった。
日本古典文学大系29『山家集』（風巻景次郎校注、岩波書店、一九六一）
岩波文庫『撰集抄』（西尾光一校注、岩波書店、一九七〇）

第6章　〈みる〉ための装置

——能『葵上』の舞台構造——

恋の恨みによって物の怪《もののけ》となった『源氏物語』の六条の御息所《みやすどころ》は、能『葵上』では鬼女の面（般若）を付けた後ジテとして登場する。本来物の怪は霊媒者に憑いて現われるもので、それ自体は見えないのだが、しかし能では舞台上に視覚化されて登場する。『葵上』の演出には、われわれの視覚の問題を深く考えさせるところがある。なぜなら、見えるはずのものが見えず、見えないはずのものが見えるという、日常世界のひっくり返しが行なわれているからである。

能『葵上《あおいのうえ》』を観てこんなことを思った。

程度の差はあれ、われわれは自己を取り巻く現在の情況が、過去からの、どのような変化の連続の結果としてあるか、そしてまた自己の新たな次の行動が、それにどのような変化をもたらすかを想像的に思い描きながら生きている存在である。しかしその想像は、現実的には個人の限られた狭い視野の中で行なわれるしかない。われわれは、今現在生きているこの人生の外側に出て、自分と自分を取り巻く人間模様を俯瞰《ふかん》的にながめることは絶対にできないからである。自分以外の他者の身の上ならば俯瞰とまでは言えなくとも傍観することはできよう。その場合、傍目《はため》から見ると時としてその人の行為が歯痒《はがゆ》く感じられることもあるものだが、もしもさらにすべてが見通せる〈全知の視点〉に立つことができるならば、われわれの人生はいっそう愚かで滑稽なものに見えるかも知れない。無論、もとより神ならぬわれわれは、そうした視点に立つことは不可能である。

ところが、文学の想像力は、われわれが現実には立ち得ないこうした視点を通して世界を開示してみせることがある。とりわけ演劇の舞台は、限られた視野の中に生きているわれわれと世界との関係を具体的に表現することで、〈見る〉ということそれ自体を改めて認識させる装置ともなりうるものである。

能『葵上』は、題名の通り『源氏物語』に取材した作品で、劇の始まりに朱雀院に仕える臣下なる人物が登場し、名のりをして、これから始まる舞台上の出来事を次のように説明する。

(ワキ連)さても左大臣の御息女《おんそくじよ》、葵《あおい》の上《うえ》の御物《おんもの》の怪《け》、以《も》っての外《ほか》にござ候ふほどに、貴僧高僧を請《しよお》じ申され、大法《だいほお》秘法《ひほお》医療さまざまのおん事にて候へども、更にその験《しるし》なし。ここに照《てる》日《ひ》の巫女《みこ》とて、隠れなき梓《あずさ》の上手の候ふを請じ、生《い》き霊《りよお》・死霊《しりよお》の間《あいだ》を梓に掛け申さばやと存じ候。

はじめに登場したこの人物は、能の配役ではワキ連《つれ》と呼ばれるワキの助演者である。ワキ連は、次に、照日という名の巫女を舞台上に呼び出し、さらにワキ連に呼び出された照日は、神懸かりして葵上に取り憑《つ》いた六条の御息所《みやすどころ》の怨霊を呼び出す。このように二段構えで舞台上に呼び出された六条の御息所の怨霊がこの能のシテ(主役)であり、照日はシテ方に伴うツレの役である。また、シテの相手となるワキは、最後に怨霊を調伏する横川《よかわ》の小聖《こひじり》で、これがこの劇の主な登場人物であるが、能の題名ともなっている葵上その人は登場せず、舞台上に置かれた一枚の小袖《こそで》によって表わされるのみである。

ワキ連に呼び出された照日の巫女(次頁の下図右手の女性)は梓巫女《あずさみこ》であった。梓巫女とは、梓の弓の弦を打ち鳴らしながら神懸かりして、霊界と交流する女性である。葵上に憑いた素姓の知れない物の怪は、この梓巫女に呼び出されて次のように自らの正体を明かす。

（シテ）ただいま梓の弓の音に、引かれて現はれ出《い》でたるをば、いかなる者とか思《おぼ》しめす。これは六条の御息所の怨霊なり。

現実の神懸かりでは、巫女の肉体を借りた怨霊がその口から怨念を語るという形式、つまり口寄《くちよ》せとなるわけだが、能の舞台では下図左手の人物のように、視覚化された怨霊がシテとして登場する。よって舞台上の現実にいるワキ連の臣下には巫女を介してのみ知り得ることであり、その姿は見えないことになっている。

この舞台構成の複雑さがおもしろい。つまり、舞台上

野上豊一郎著『解註・謡曲全集』（1935）より

の現実にいる人間（ワキ連）には見えない怨霊の姿が、観客には見えるのである。ところが逆に小袖によって象徴される葵上の姿は、舞台上の現実でありながら観客には見えないのである。病臥のまま行動しない人物を、着物だけで表わすのはじつに巧みな演出というべきだが、能という劇の象徴的な手法からすれば珍しいことではない。しかし、ここではそれがさらに意外な効果を生み出す。すなわち、われわれの日常の認識の枠組みを組み替えてしまうような衝撃を与える効果を、である。なぜかといえば、観客にとって本来舞台上の現実として見えるはずのものが見えず、反対に見えないはずのものが見えるという、日常世界のひっくり返しが行なわれているからである。

これは、現実の暮らしの中ではわれわれが決して経験することのない視点であろう。ちなみに、そうした視点によって何が見えるかといえば、それは、現実の人間関係の中では抑圧されているもの、すなわち心の底からふつふつと止めどなく湧き上がってくる情念の湯玉とでも言うべきものである。

劇中、六条の御息所の怨霊は、現われ出た次第を次のように述べる。

（シテ）われ世に在《あ》りしいにしへは、雲上《うんしょお》の花の宴、春の朝《あした》の御遊《ぎょいう》に慣れ、仙洞《せんとお》の紅葉《もみぢ》の秋の夜は、月に戯れ色香に染《そ》み、花やかなりし身なれども、衰へぬれば朝顔の、日影《ひかげ》待つ間の、有様《ありさま》なり。ただいつとなきわが心、もの憂《う》き野辺《のべ》の早蕨《さわらび》の、萌え出で初《そ》めし思ひの露、かかる恨みを晴らさんとて、これまで現はれ出でたるなり。思ひ知らずや世の中の、情《なさけ》は人のためならず。われ人のため辛《つら》ければ、われ人のため辛ければ、必ず身にも報《むく》ふなり。何を嘆くぞ葛《くず》の葉《は》の、恨みは更に尽きすまじ、恨みは更に尽きすまじ。

昔は后の位にも昇るべき高貴な身分でありながら、今は零落して恋の競争相手から受けた屈辱を忘れ去ることができない。しかし、現実の世界では、鬱屈した気持ちを晴らすために押し掛けて行って叫んだり喚いたりすることはできない。六条の御息所というプライドのある貴族の女性が形振《なりふ》りかまわず自己の情欲のままに行動できたのは、一切の社会的制約を免れた冥界に於いてであった——この劇はそのように仕組まれている。言うまでもなくそれ自体はまったくの虚構に過ぎないのだが、しかし日常生活では抑圧され隠されているものが、われわれの行動を左右しているという心理的な事実は今日よく知られている。しかも、この劇の怨霊は、単なる私的な恋の意趣晴らしにとどまらず、その祟りは政治の世界にまで及んでいる。なぜなら祟られている姫君は左大臣の娘であり、病本復《やまいほんぷく》のために手を尽くしているのは朝廷の臣下だからである。また怨霊は、結局呼び寄せた梓巫女の手には負えず、王城鎮護の霊山比叡山の横《よ》川《かわ》の僧によって調伏されるという展開もそのことを意味していよう。『葵上』の舞台では、ひとりの女の恨みが斯《か》くも現実を動かすものとして、ありありと観客の前に視覚化されているのである。

日常の視点を転倒させることで見えてくるものとは、この劇の場合そのようなものであった。そして、その転倒を作り上げているのが演劇という仕組みなのである。

ふだんのわれわれは、舞台上の現実にいるワキ連の臣下のように物を見ている。ところが観客として舞台を観るときには、舞台上の現実を遥かに超えて世界を見渡すことができる。それは日常経験することのできない〈全知の視点〉に近いものといえよう。ただしまたそれは、あくまでも舞台上の架空の現実を、ひたすら見ることに徹する立場に於いてのみ可能な視点に過ぎない。劇の終演によって生《なま》の現実に立ち返ったとき、われわれの視点は再び限定されたものに戻る。しかしながら、ほんのいっときにしろ劇によって与えられた認識の枠組みの改変は、現実に戻ったわれわれ自身の、生きて行くための日常の想像力を必ずや刺激することにはなるだろう。

＊『葵上』の引用は次の図書によった。ただし、読み易さを考えて多少表記の改変を行なった。
日本古典文学大系40『謡曲集』上（横道万里雄校注、岩波書店、一九六四）

第7章　物語の光と闇

――『源氏物語』管見――

『源氏物語』が今でも読者をひきつけるのは、物の怪のようなおどろおどろしいものが描かれているからではない。この物語では自分の出生の秘密に悩み続ける不義の子を続編の中心人物に据えている。密通によって生まれた薫である。この物語が読者をひきつけるのは男女の情念の闇から生まれた深刻な問題をあからさまに描き出している点にある。光源氏のまぶしいほどの栄華の裏側にはその光がつくり出す闇の深さが際立っている。

古い物語の一般的な性格は人並みすぐれた人物の人生を語ることにあった。その人並みすぐれた美質はまず身分上の高貴さに求められる。『源氏物語』の中心人物光源氏《ひかるげんじ》の生涯において、彼の様々な美質を支えている大きな要因は何といっても父桐壺帝《きりつぼてい》の寵愛《ちようあい》の余徳《よとく》にほかならない。しかし、この物語がひとりの貴公子の単純な恋物語に終わらない魅力は、光源氏の出生の高貴さと美質を称《たた》えるのみでなく、時代の制約の中で両親が抱《かか》えたきわめて人間的な苦悩を物語の動機としている点にある。

物語の発端は光源氏が帝《みかど》（天皇）の子であるにもかかわらず更衣《こうい》という身分の低い女官を母として生まれたことにあった。母、桐壺の更衣は、その身に不相応な帝の寵愛を一身に集めたために他の妃《きさき》たちの嫉妬を買い、心労のあまり幼い源氏を残して死んだ。平安時代の貴族社会では、天皇の位が政治的な制度であったと同様に、皇妃《こうひ》たちの位も政治的な制度であったから、天皇と皇妃たちとの関係は多分に政治的であり、皇子の誕生すら政治上の事件だったのである。これに照らせば、桐壺の更衣に対する帝の寵愛ぶりは男女の私的な情愛によるものにほかならず、それは制度からの逸脱だった。物語の中でふたりの関係が安禄山《あんろくざん》の叛乱によって国を傾けた唐《とう》の玄宗皇帝《げんそうこうてい》と楊貴妃《ようきひ》の関係に擬《なぞら》えられて批難されているのはそのためである。

身分をこえた男女の結びつきがどんなに自然なものであろうとも、秩序を維持するためには、更衣にたいする帝の私的な情愛は否定されなければならなかった。

物語はその否定を精神的に追い詰められた更衣の死によって語る。光源氏三歳の夏のことであった。彼の物語はこれ以後、記憶にすらない母の面影を求めて展開する。そして亡《な》き母に対する思慕《しぼ》の情《じょう》はついに父帝の若い妃で母とよく似た継母藤壺《ふじつぼ》の宮との密通にまで至る。父帝の妃と交わり不義の子を産ませるという罪に彼を導いたものは、ほかならぬ亡き母への憧憬《しょうけい》であった。それゆえにこの密通は擬似的な母子相姦《ぼしそうかん》となり、父帝の寵妃《ちょうひ》を寝取《ねと》るという大罪はこの異常性によって相対的に軽減されているかのごとき印象を読者に与える。彼が、本来罪であるこの密通をとおして、のちに政治的権力を握ったことを考えれば、この行為は人間の問題であるよりは、ある異常性を持った古代の聖なる者に結びついた行為に属することと考えられるが、いまここでそのことは問わない。

このほかにも源氏の息子夕霧《ゆうぎり》が源氏の妻紫上《むらさきのうえ》にあこがれた例があるが、父にかぎらず身分ある者の若い妻と若者とが密通に至る可能性は物語の中にいつも潜在的にあることだった。それが顕在化《けんざいか》するきっかけはただひとつ、何かの機会に深窓《しんそう》に住《す》まう女性を一目見ることであった。身を許してさえ明るい光の中で見られることはなく、邸内の奥深く暮らしている貴族の女たちを、一目でも見ることは若者にとって大きな衝撃だった。源氏の場合も、父に可愛がられ継母のそば近く暮らしたという近付きやすい条件とともに、見るというこの視覚上の印象が藤壺との密通に強く作用していたはずである。

深窓にある女を見た若者の衝撃《しょうげき》が、耐えられない恋心となり、身の破滅をきたしたことを語るのは柏木《かしわぎ》の物語である。密通の相手は源氏が四十歳をこえて迎えた妻、女三《おんなさん》の宮《みや》。人生の峠をこした源氏は、ここで逆に自分の妻の密通という思わぬ出来事に遭遇《そうぐう》する。事情を知った源氏は我が身の若い日を省《かえり》みながら、「わが世《よ》とともに恐ろしと思ひしことの報《むく》いなめり」（私がこれまで恐ろしいことだったと思い続けてきたあの事のむくいなのであろう――柏木巻）と感慨深く思う。源氏の罪をこのようなかたちで帳消しにするのは余りにも稚拙《ちせつ》な方法ではあるが、密通以来の父帝への負い目という彼の意識の連続は、いつかこのような事態を迎える物語的な可能性をはらんでいたし、また柏木と女三の宮の密通は源氏と藤壺の密通を前提としてはじめて充分な物語的効果をもつのである。

ところで一般的な古代の物語のあり方からすれば、『源氏物語』は光源氏の生涯とともに終わるはずであるが、この物語は中心人

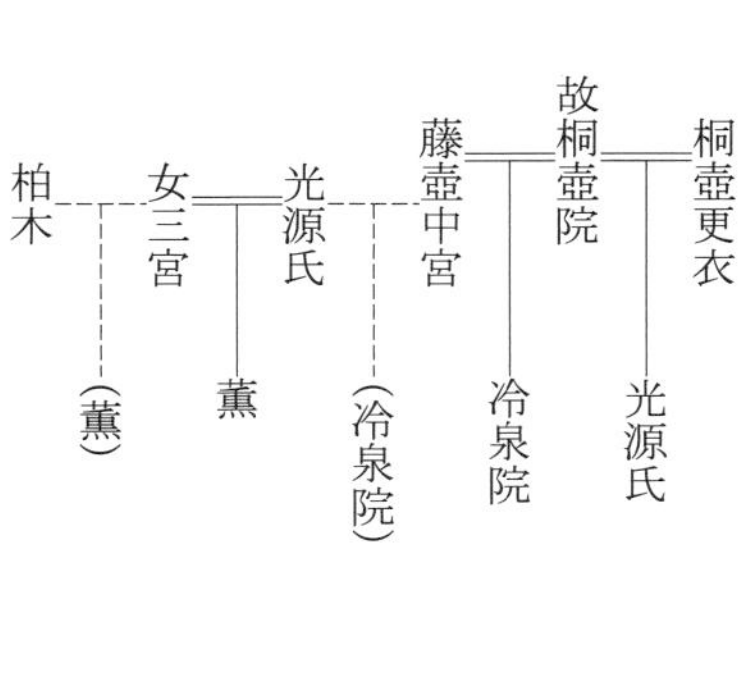

物の生涯をこえてなお書き継がれた。しかも、そのことでいっそう読み応えのある物語となっている。源氏の物語を継ぐ者、物語続編の中心人物は柏木と女三の宮の密通によって生まれた薫《かおる》である。いわば物語上の嫡子《ちゃくし》は、正編の中心人物の、血統上の嫡子ではなかった。ここにむしろふたつの密通事件の物語上における深い関連を確かめることができる。薫の実父柏木は、犯した罪へのおののきと女三の宮への恋慕のあまり衰弱して死んだ。不義の子は表向き源氏の子であり、彼が物語上の嫡子であることは文中の、「げにただ昔の光源氏の生《お》ひいで給《たま》ひしに劣らぬ、人の御《おほん》おぼえなり」（ほんとうに、昔の光源氏が桐壺帝のもとで成長したときと少しも劣らない、帝のご寵愛ぶりです—竹河巻）といった言葉で知れる。しかし正編の物語が生み出した薫は源氏と決定的に異なる存在である。彼は元服《げんぷく》する前から自己の出生にたいする疑念をもち続けた。また、それゆえに天真爛漫《てんしんらんまん》な恋物語の中心人物とはならなかった。薫が詠んだ和歌、

おぼつかな誰《たれ》に問《と》はまし　いかにして初《はじめ》も果《はて》も知らぬ我が身ぞ

（覚束ないことです。いったい誰に聞いたらいいのでしょうか。私はどんな事情でこの世に生まれ出たのか、そしてまた行く末はどうなるのか、少しも分からないのです。）

ここには、生の根源的な欠如とでもいうべき意識があふれている。当時の貴族社会では、子

は母のもとで成長し父とは同居しない例が多かったから、この欠如の意識はただ実父が知れないということだけではない。薫が第一に知りたかったのは父の犯した罪であり、自分がその罪の結果であるかも知れないということであった。文中には、「をさな心地《ごこち》にほの聞き給ひし事の、折々《をりをり》いぶかしう、おぼつかなう思ひわたれど、問ふべき人もなし」（子ども心に何となく耳にした事が忘れられず、ときどき気にかかるのだけれども、それを問いただす人もいない―匂宮巻）ともあって、薫は物心《ものごころ》つくころからこの疑念に悩み、父の罪の償《つぐな》いのために出家《しゅっけ》の望みを持っていた。続編の中心人物はじつにこうした疑念に包まれた若者であり、正編の物語からすればいっそう複雑化した人間の形象がとげられていると言えるだろう。

今から一千年も前にこのような物語が生まれていたことは驚くべきことであるが、この物語的達成がどこに由来するかといえば、それは間違いなく正編の物語そのものに求められるだろう。すべての発端は桐壺の更衣に対する帝の、反制度的ではあったがしかし自然な男女の情愛にあった。そのはてに生まれた不義の子薫は、言うなれば正編の物語を背負って誕生したのであり、べつの言い方をすれば正編の物語が薫という物語上の人物を生み出したのである。正編における光源氏の輝きは、その周辺にくまぐましい闇を作り出した。もちろん、虚構の物語世界にかぎらず、さまざまな闇を抱えて生きているのが現実のわれわれの姿でもある。

薫の名の由来は、彼の体が自然と芳香《ほうこう》を放つところからきている。『源氏物語』はその芳香を次のように語る。「香のかうばしさぞ、この世のにほひならず、あやしきまで、うちふるまひ給へるあたり遠くへだゝる程の追風《おひかぜ》も、まことに百歩《ひやくぶ》のほかも薫《かを》りぬべき心地《ここち》しける」（とても良い香りは、不思議にこの世のものとも思われないほどで、身動きするご自身から遠くはなれたところに運ばれてくる風に乗って、ほんとうに百歩の遠くまで香る気がする―匂宮巻）。

平安貴族が様々な香りを好んだことはよく知られている。とりわけ男女の関係における香りの役割は大きかった。夕方、男たちは着物の袖に充分な香《こう》を薫《た》き染《し》めて妻や恋人のもとを訪れた。よい香りはよい男を意味した。薫に対する女たちの強いあこがれは彼がこの上ない芳香を放つ男だったことと無縁ではない。すなわち薫の芳香はエロスの象徴であった。しかしまた一方で、彼は深く仏門への帰依《きえ》をこころざす若者であり、その芳香は仏教的な世界である浄土の象徴でもあった。正編の物語ではおもに人間の肉体にかかわるエロスの象徴だった香りが、続編ではさらに浄土の象徴と重なる。そこには父柏木の密通という過剰なエロスと、そのエロスから生まれた薫の、浄土への父の救済という物語の奥行きが創り出されているのであった。

第8章　悲しい道化

——清少納言——

平安時代の後宮に女房として仕え、「清紫の二女」と称された同時代の才女、すなわち『源氏物語』を書き残した紫式部と『枕草子』を書き残した清少納言は、対照的な個性を持った女性として知られている。二人のうち清少納言の個性とは何であったか。随筆『枕草子』にうかがわれる彼女の人物像には、言葉によって人々の笑いを誘う道化の面影を見ることができる。

和歌は、平安貴族たちにとって男女ともに必須の教養であった。この時代は、伊勢御《いせのご》、馬内侍《うまのないし》、和泉式部《いずみしきぶ》、赤染衛門《あかぞめえもん》、伊勢大輔《いせのたゆう》、相模《さがみ》などの女流歌人が多く輩出した時代でもある。ところが、そんな時代に生きながら和歌を詠むことを極端に嫌った著名な女性がいた。「私は、和歌は詠みません」とまで公言した女性。誰か？　それは、かの『枕草子』の著者清少納言である。

女流歌人の多くは女房として宮仕えに出た経験を持っている。清少納言も、藤原摂関政治の時代、中の関白道隆《みちたか》の娘で一条天皇の中宮《ちゅうぐう》、定子《ていし》のもとに出仕した。父の名は清原元輔《きよはらのもとすけ》。六十に近い晩年にできた子と推定されている。そのため彼女が宮仕えに出たころには父はすでに他界していたようである。元輔といえば、『万葉集』の訓点作業にたずさわった梨壺の五人の一人として、また勅撰集『後撰和歌集』の撰者の一人として、その学識が高く買われていた十世紀後半の著名な歌人である。当時、清少納言はこの歌人元輔の娘として世に知られていたから、和歌を詠むのは当然と思われていた。『枕草子』第九五段に次のような話がある。

ある年の庚申待《こうしんま》ちの夜のことであった。庚申待ちとは、その夜、眠ってしまうと人間の体内に住む三戸《さんし》の虫が抜け出して、その人が隠し持っている過失を天帝に告げるという俗信にもとづいて、一晩中寝ずに起きている行事である。そのため庚申待ちの夜は、襲ってくる睡魔を退けようとさまざまな遊びをしたが、王朝の後宮であれば物語や和歌が当然話題にのぼったはずである。その夜は中宮のもとに兄の内大臣伊周《これちか》が来て、女房たちに題を与え、和歌を詠ませた。原文には「夜《よ》うちふくるほどに、題出《だいい》だして、女房も歌よませたまふ」とある。仕える女房たちにとってこれは主家の行事に等しい。皆、苦吟して詠み終えた……が、さてその座に居た例の歌人の娘はどうか。こちらは歌には無関心とばかり、中宮の近くに伺候《しこう》してほかの話をしていたという。それを見た伊周は彼女にもなんとか詠ませようとしたのだが、結局その夜はとうとう詠まなかった。そのかたくなな態度を見て、中宮は半ばあきらめ顔に次のような歌を詠んで投げ与えたという。

元輔《もとすけ》が後《のち》といはるる君しもや今宵《こよひ》の歌にはづれてはをる

これは、皆が和歌を詠むのに、よりによって歌人元輔の子と言われるあなただけが今夜の歌詠みから外れているのですか、と婉曲にたしなめた歌である。

右に「題出だして」とあるように、題すなわちテーマを決めて詠む和歌は文芸としての創作和歌であり、和歌にはこれと別に自由に詠む社交の歌があった。男女夫婦の間で、また同性の間で、折にふれて交わされる贈答の歌である。知らない男からの求愛の歌となれば話は別だが、一般に他人から歌を贈られて返歌しないのは、平安貴族にとって咎められるべきマナー違反だった。まして右は主人の歌である。清女（清少納言）は次のような返歌をした。

その人の後《のち》といはれぬ身なりせば今宵《こよひ》の歌をまづぞよままし

いいえ、察して下さい。元輔の子だからこそ詠めないのです――というわけである。中宮の洞察どおり、歌を詠まない理由は彼女の自尊心にあった。

しかしそれだけでも無かったようで、この歌に続けて清女は、もし私に「つつむ事」が無かったならば、今すぐ千首の歌だって詠もうと思えば詠めるのです、とも言う。「つつむ事」とは慎むことであり、また包むことでもある。心中に秘められた清女の慎むこととは何か。無論われわれには知る由もないが、敢えて推測するならば、和歌を詠む才能に恵まれなかった清女が歌人の父と交わした約束ではなかったろうか。『枕草子』第一四四段に「胸つぶるるもの」として「親などの、心地《ここち》あしとて、例ならぬけしきなる」とあるところにも、高齢だった父への思い遣りが感じられる。軽々に歌は詠まないという父への誓いを律儀に守ったと考えても不思議ではあるまい。事実、今日残されている清女の和歌は少なく、私家集の『清少納言集』に残る歌は多くみても三五首で、『紫式部集』の三分の一に過ぎない。

和歌をめぐる逸話をもう一つ挙げよう。

『枕草子』第八〇段に、別れた夫　橘《たちばなののりみつ》則光の話がある。この男、妻の清女を「妹《いもうと》」、自分を「兄《せうと》」と呼ぶ剽軽者《ひょうきんもの》で、彼と話す者たちはひやかし半分に彼等をそのまま「妹」「兄」と呼び習わしたという。どこか道化じみてもいたが、また妻が人に誉められることを我が事のように喜ぶ人のいい夫でもあった。その彼の口癖はこうだったという。「おのれをおぼさむ人は、歌をなむ詠みて得さすまじき。すべて仇敵《あたかたき》となむ思ふ。今は限りありて、絶えむと思はむ時に、さる事は言へ」。――おれに和歌を贈って寄こす女は仇敵とまで思うとは、また随分大げさな和歌嫌いではないか。それにしても著名な歌人の家に生まれた清女が、よくもまあこんな男を婿《むこ》にしたものである。やはり和歌をめぐって父と娘に何らかの約束があったと思いたくなる。

さてこの二人、表面的には好一対の夫婦のように見える。が、しかし和歌の教養を持ちながらそれを詠まないのと、まったく和歌を解しないのとでは、日常の感性に大きな懸隔があった。このような無粋《ぶすい》な夫に彼女がいつまでも満足できるわけがなかった。幸い、この夫と断交するのはいとも容易なことで、彼がいつも言っていたとおり一首の和歌を贈ってやりさえすればいいわけである。

くづれよる妹背《いもせ》の山のなかなればさらに吉野のかは（川・彼《か》は）とだに見じ

清女が贈った一首の和歌によって、吉野なる妹背の山はいとも簡単に崩れてしまった。清女と和歌とのこの皮肉な関係は、さきの庚申の夜の話にも通じる。今宵も歌は詠むまいと固く決心していた清女も、主人の歌に対する返歌としてだけは歌を詠まざるをえなかったからだ。いずれも読者の笑いを誘うこれらの話は、『枕草子』に、自らのこととして、謂わば「とっても可笑しな私ね」とでも言いたそうに、自慢げに回想されて描かれている。すなわち、清女自身の筆によって描かれているという点に単純ではないところがある。そこで一歩退いて、清女の書く行為を含めてその内容を考えたとき、これはどう解釈できるだろうか。

まずこれらは事実の記録とは違い、書く時点で興味ある出来事として再構成された話だと見なければなるまい。ここでは書く者も書かれる者も自分であり、書かれた対象としての清女は、『枕草子』の作中において笑いをこめた演技をしていると言っても過言ではないだろう。右の第八〇段では、夫の橘則光もまた彼女の演技に付き合わされているのである。

このことがもっともわかりやすく示されているのは、第二八〇段「香炉峰の雪」というよく知られた「我ぼめ」の章段である。

中宮の御前でのことであった。雪の高く降り積もった或る日のこと、いつもは室内に外光をとり入れるために上げておく御格子も皆下げたままで、女房たちは火鉢を囲み四方山《よもやま》の話をしていた。その時、中宮がこう尋ねたという。「清少納言よ、香炉峰の雪、いかならむ」と。平安貴族にとって、冬の雪景色は鑑賞すべき自然美の対象であった。閉め切ったまま寒げに火鉢を囲み暖を取っている女房たちを、婉曲的に諭《さと》したのである。これを受けて清女がとった行動は周知のとおりである。彼女は何も言わず女官に格子を上げさせ、簾《すだれ》を高く揚げた。中宮のことばが『白楽天詩集』を出典とする『和漢朗詠集』の「香炉峰の雪は簾を撥《かか》げて看《み》る」の詩句によったものだったからである。それを、ことばではなく行動で応えるという意表を突いた清女の行為に、中宮も思わず笑った。また、その場に居たほかの女房たちも、「そのような詩句は皆知っているし、和歌などにも引用するけれども、私たちには思いも寄らなかったわ」と讃嘆した、と枕草子は記す。

自らの機知を誇らしげに書いたこの章段には、謂わば演技する道化の姿が申し分なく描かれていると言っていいだろう。

古歌や漢詩の知識を、和歌を詠むことに生かすのではなく、定子サロンの日常会話の中にそれを巧みにとり入れ、その意外性と的確さとによって人々の笑いを誘う清女の行為、それは第八三段に出てくる女芸能民のように決して下卑《げび》た道化ではなく、雅《みや》びな道化である。清女はその行為を和歌表現にもまさるものと思っていた。考えてみれば和歌の表現にはもともと言葉遊びの性格があったではないか。序詞《じょことば》も、縁語《えんご》も、掛け詞も、見立ての技法も一種の言語遊戯であり、その洗練された修辞が和歌に用いられれば詩的な表現となるが、逆に日常会話のなかで俗に落ちれば人の笑いを誘う駄洒落《だじゃれ》ともなる。清女は、謂《い》わば、詩歌の権威の高みにあった雅語を、日常の世界に引きずり降ろすことで人々の笑いを誘った。

　駄洒落や無駄口をたたいて人を笑わせることを、平安時代の人々は「猿楽《さるごう》ごと」と言った。清女の父を評して『今昔物語集』は、「此《こ》の元輔、馴者《なれもの》の、物可《ものを》咲《か》しく云《いひ》て、人咲《わら》はするを役と為《す》る翁《おきな》にてなむ有《あり》ける」（巻二八、歌読《うたよみ》元輔、賀茂祭に一条大路を渡る語《こと》）という。元輔は、猿《さる》楽言《ごうごと》の得意な翁だった。また、『枕草子』によれば定子中宮の父関白道隆もよく猿楽言を言って人を笑わせている。しかも、このように猿楽言を言う者たちに囲まれていた清女自身が「うちさるがひ、物よく言ふ」男たちを好ましく思ってもいたのである（第一三四段）。「さるがひ」とは、滑稽にふるまうことをいう。無論、清女のことばを猿楽言と言っては失礼だろう。が、詩歌の雅語を日常会話の中に当意即妙に移入して人を笑わせる行為は、結果的には猿楽言とそう変わらないではないか。清女は、どうも歌作の才能よりはそういった言語能力を父親から受け継いだらしい。

かつて歴史上の才女を「清紫の二女」と称したことがあった。二人は同時代人であり、出身階級や宮仕え経験など共通する点も多いが、また相容れない個性の持ち主でもあったらしく、『枕草子』と『紫式部日記』を併読すれば、彼女たちの宮仕え意識には大きな違いが見られる。紫式部が宮仕えを不本意なものとして憂き身をかこつのに対して、清少納言は、自らの才能をひけらかして宮仕えを楽しむこと水を得た魚のように見える。一人は中の関白藤原道隆の娘に仕え、今一人は道隆の弟でかつ政治的なライバルであった御堂関白《みどうかんぱく》藤原道長《みちなが》の娘に仕えた。いずれも一条天皇の中宮であり、とりわけ清女が仕えた定子は藤原両家の権力争いの渦中にあった。憂鬱な紫式部と陽気な清少納言。相反する二人の宮仕え意識の違いは、じつはそっくり反転してそれぞれの主家の運命と重なっている。道隆の死後、着実に権力の地歩を固め栄華を極めていった御堂関白家と裏腹に、清女が仕えた中の関白家は、当主道隆が壮年にして病没、後継者の息子たち伊周《これちか》・隆家《たかいえ》は不始末を理由に道長によって中央政界から追放され、没落の一途をたどった。しかも、そんな中で中宮定子もまた失意によって落飾、後宮を出て職御曹司《しきのみぞうし》などを転々とし、二四歳の若さで病死する。『枕草子』に見られる清女の露骨な自己顕示欲もこの中宮あってのことだったし、陽気なふるまいもその悲運を背景にしたものだった。紫式部の

『源氏物語』に見られる如き「もののあはれ」というしみじみと沈み込むような和歌の情感は定子の悲運を一層暗いものにするだろう。それよりもむしろ、日常の些細なことにも興味の眼差しを注ぎ、知的な楽しみを発見する「をかし」の美意識が定子サロンにはふさわしい。要するに、清少納言の機知に富んだ言動は、悲運の定子サロンに憂さを忘れる活気と笑いを巻き起こすためのものだったと思われる。すなわち、悲しい道化――『枕草子』に現われた清少納言を私はそう呼びたい。

＊『枕草子』の引用は次の図書によった。
新編日本古典文学全集18『枕草子』（松尾聰・永井和子校注訳、小学館、一九九七）

第9章　戦場の父

――『平家物語』の熊谷直実――

『平家物語』には東国の荒武者たちが生き生きと描かれている。彼らは平安貴族が歯牙にもかけなかった身分の低い者たちであったが、源平の合戦で熊谷直実に組み敷かれた平家の公達平敦盛の姿は、貴族の没落と勃興する武士の時代の象徴であった。しかしまた熊谷と敦盛の物語には、そのような大きな歴史の流れとは別に、子を思う親の愛という身分差をこえた人間一般の問題が語られている。

『平家物語』の、戦場における父と子の話は哀しい。彼等にとって戦《いくさ》はつらい事であった。平家追討のために、親子兄弟連れ立ってはるばる東国からやってきた武士たちも多かった。武蔵国の住人熊谷《くまがえの》次郎直実《じろうなおざね》もそんな武将の一人だった。子息小次郎直家《なおいえ》と旗指《はたさし》の従者一騎、主従わずか三騎、それに幾人かの下人《げにん》を連れた小さな一団が、源氏の軍勢に交じって一の谷までやって来た。

鵯越《ひよどりごえ》から搦手《からめて》へ向かう義経軍の中にいた親子は、こんな会話をする。

熊谷、子息の小次郎を呼《よ》うで云《い》ひけるは、「この手は悪所であんなれば、誰先《たれさき》と云ふ事もあるまじきぞ。いざうれ、土肥《とひ》が承つて向うたる西の手へ寄せて、一の谷の真先《まつさき》駆けう」と云ひければ、小次郎、「この儀《ぎ》最もしかるべう候。誰も、かくこそ申したう候ひつれ。さらば、とう寄せさせ給へ」と申す。

（巻九、「一二の駆けの事」）

戦場における先駆けの軍功は、まずそれが誰であったかはっきりと知らしめる必要があった。そこで熊谷父子は、悪所を一団となって攻め込む義経の軍勢から離れ、土肥実平《といのさねひら》が向かった地形の良い西の手へ寄せて、先駆けの功名を立てようと考えたのである。父の言葉に息子も一議なく賛同する。しかし、こんな小勢で敵の矢面に進んで行くのだから、命の危険は極まりない。

何のためにそんなことをするのか。主君への忠義のためか。それとも武士の名誉のためか。勿論《もちろん》、忠義のためでも、名誉のためでもあった。が、しかし父の先駆けの意味はもっと切ないところにあった。

梶原平三景時《かじわらへいぞうかげとき》は、息子源太景季《げんだかげすえ》の窮地を救わんと、我身を顧みず敵陣深く切り込んで行く。その時、彼は涙をはらはらと流しながら、こう言った。「軍《いくさ》の先を駆けうと思ふも子どもがため。源太討たせて景時、命生きても何にかはせん」（巻九、「二度の駆けの事」）。これが戦場の父の姿だった。しかも熊谷は零細な武将に過ぎない。「大名《だいみやう》は我《われ》と手を下《おろ》さねども、家人《けにん》の高名《かうみやう》を以《もつ》て名誉《めいよ》す。我等は自ら手を下さでは叶《かな》ひ難《がた》し」（巻九、同上）とは、死を覚悟して敵の城中へ忍び入った武蔵国の住人河原太郎の言葉である。これは熊谷とても同じ事だった。父の名誉も忠義も遺された我が子のため、故郷の家のためだった。

一の谷に平家は敗れ、海上を屋島へ逃れた。熊谷はなおも高名を立てようと、敗走する平家を追って渚の方へ馬を歩ませた。

> あつぱれ、よき大将軍に組まばやと思ひ、細道にかゝつて汀《みぎは》の方へ歩まする所に、こゝに練貫《ねりぬき》に鶴縫うたる直垂《ひたたれ》に、萌葱匂《もよぎにほい》の鎧着て、鍬形《くはがた》打つたる甲《かぶと》の緒をしめ、金作《こがねづくり》の太

刀を帯《は》き、廿四さいたる切斑《きりふ》の矢負ひ、滋籐《しげどう》の弓持ち、連銭芦毛《れんぜんあしげ》なる馬に、金覆輪《きんぷくりん》の鞍置いて乗つたりける者一騎、沖なる船を目にかけ、海へさつとうち入れ、五六段ばかりぞ泳がせける。熊谷、「あれはいかに、よき大将軍とこそ見参らせて候へ。まさなうも敵《かたき》に後《うしろ》を見せ給ふものかな。返させ給へ〳〵」と、扇をあげて招きければ、招かれて取つて返し、汀《みぎは》にうち上らんとし給ふ所に、熊谷、浪打際《なみうちぎは》にておし並べて、むずと組んで、どうと落ち、取つて押へて首をかかんとて、甲《かぶと》をおし仰《あふの》けて見たりければ、薄化粧して鉄《か》漿黒《ねぐろ》なり。我が子の小次郎が齢《よはひ》ほどして、十六七ばかんなるが、容顔まことに美麗なり。

これは「敦盛《あつもり》最期」の段である。案に違わず平家の落武者一騎、沖の船に向かって馬を泳がせていた。熊谷の招きに応じて取って返すを組み敷き、まさに首を掻かんとした相手は、こともあろうに我が子の小次郎と同じ年頃の若い公達《きんだち》であった。一瞬、父は我が子を思った。同時にまた、組み敷いた公達の父を思った。合戦のさなかに彼は人の世の表裏を一度に見てしまったのである。子のために艱難辛苦して高名を立てようとした父が、念願達していま眼前に平家の公達の首を取ろうとしている。熊谷の高名は手の中にあった。だが、もはや熊谷は敵である前に人の子の父であった。

この人一人討ち奉りたりとも、負くべき軍《いくさ》に勝つべきやうなし。又助け奉りたりとも、勝つ軍に負くる事もよもあらじ。今朝《けさ》一の谷にて、我が子の小次郎が薄手負うたるをだにも、直実《なをざね》は心苦しく思ふに、この殿の父、討たれ給ひぬと聞き給ひて、さこそは嘆き悲しみ給はんずらめ。

（巻九、「敦盛最期の事」）

こう思って、この若武者を助けようとした熊谷であったが、後ろを振り向けば土肥・梶原、五十騎ばかりの味方の軍勢が迫ってくる。もはや逃がすべき方法はなかった。

熊谷、あまりにいとほしくて、いづくに刀を立つべしとも覚えず。目もくれ心も消えはてて、前後不覚に覚えけれども、さてしもあるべき事ならねば、泣く〳〵首をぞかいてげる。

（巻九、同上）

子のために敵の首を取って手柄を立てる父もあれば、子の首を取られて歎く父もある。それが戦乱の世の道理だ。しかし、すでに若者の首を掻こうとしたとき、高名する父と悲嘆にくれる父という世の中の表と裏を彼は同時に見てしまったのである。熊谷の意識の不幸はそこに始まる。戦場にいる限り戦う人間として行動しなければならない。助けたくとも、助けることができない。彼は泣く泣く敦盛の首を掻いた。戦とは本来そのようなものである。

熊谷は、これを機縁に出家する。物語の中では、この体験は希有《けう》な例に属する。しかも史実によれば、彼の出家は十年後のことで、原因は領地争いによるものだったらしい。つまり史実の熊谷は依然として功名を争ったままの父であった。そのような彼をして戦のほんとうのありさまを見せしめたのは、平曲を作った後の世の人々にほかならない。私財を強奪され、家を焼かれ、田畑を踏み散らされ、戦乱の世に最も惨めな思いをしたのは民衆であった。戦いの空しさを心底知っていたのは彼等だった。物語の中の熊谷は虚構に過ぎない。みな嘘っぱちだ。しかし読者にとって、一の谷で功名を立てて家郷へ帰って領地争いする現実の熊谷と、功名を手中に納めながら戦の真実を見て苦悶する物語の熊谷と、そのどちらが意味を持つだろうか。熊谷という現実の個人の人生は偽ることができない。また、その人にとっては唯一の貴重な過去である。しかし悲惨な戦いを回想する人々にとっては、史実はただの史実にしか過ぎない。それを何十遍繰り返してもどうにもならない事だ。熊谷その人の人生が終わっても戦乱の世は再び繰り返される。そのような時代に意味を持って回想される熊谷こそ物語の中の熊谷である。

熊谷は平曲の語り手たちに導かれて戦の真実の姿を見るに至った。それは現実の彼の眼には見えなかった事である。たとい現実を何度生き直したとしても熊谷一人の眼には見えるものでは無い。平曲の作者や語り手たちという複数の眼を借り、また民衆の虐げられた眼差しを借りてようやく見つけることができた歴史の真実だった。

＊『平家物語』の引用は次の図書によった。
角川文庫『平家物語』（佐藤謙三校註、角川書店、一九七九）

付：冥婚譚

――琴弾山《ことひきやま》の話――

熊谷直実の話は江戸時代になると並木宗輔等の合作浄瑠璃『一谷嫩軍記《いちのたにふたばぐんき》』（宝暦元年〈一七五一〉初演）に脚色されて人気を博した。今でも熊谷陣屋の段は人形浄瑠璃や歌舞伎の人気演目である。ただしこの作品では熊谷がじつは我が子を身替わりにして敦盛を救ったという意外な展開になっている。江戸時代の作劇法でよく使われた身替わり劇であるが、ここではそのことには立ち入らず、この浄瑠璃に登場する平家方の人物弥《や》平兵《ひょうびょう》衛《え》宗清《むねきよ》が、平重盛の臨終の折に三千両を預かって平家滅亡後の弔いを託され、また忘れ形見の姫君一人を預かり、摂津国の御影《みかげ》の里に住んでいた、とあるような平家の遺児伝説に注目し、しばし随想を離れて平家の姫君をめぐる冥界の物語の中に分け入ってみよう。なお、この物語の忘れ形見は平重盛ではなく平重衡《たいらのしげひら》の姫君である。

鎌倉時代のはじめというから、遠い遠い昔のことである。山城《やましろ》の国、宇治の里に、伊藤帯刀《いとうたてわき》則資《のりすけ》という若い侍が住んでおった。先祖は平家に仕えていたが、寿永《じゅえい》の乱れに平家が滅んだのちは、仕官の望みもなく世を宇治に逃れ、風月《ふうげつ》を友として代々この地に暮らしていた。帯刀は何代か続いたその子孫である。彼は、見目うるわしく心優しい若者であった。武芸はひととおり修めていたが、さらに学問を修めるため、資産の乏しい家ながらも、今では月に一度か二度、都の師匠のもとへ通っている。

ある秋の夕暮れのことであった。都からの帰り道、宇治の近くに琴弾山《ことひきやま》という名の山がある。その山の麓《ふもと》へさしかかったとき、帯刀の前をただひとり行く年若い娘がいた。年のころ十五、六とおぼしく、見るからにこざっぱりとした素姓いやしからぬ娘であった。帯刀はそのまま追い越そうとしたが、ふと思い直して声をかけた。

「これ、もし。そなたは、この夕暮れどきに、連れも無くただひとりいずこへおわする。もしや道に迷うたかな」

すると娘は、いかにも品のある態度で、微笑みながらこう答えた。

「いいえ、わたくしは、この近くに宮仕えいたす者。この、もうすこし先までまいりまする」

侮《あなど》りがたいその物腰《ものごし》に、帯刀はこの娘がどこかのお公卿《くげ》さんの奉公人でもあろうかと思った。しかしまた、このような日暮れに及んで人家もまれな寂しい山道をただひとり行く娘に、多少いぶかしさを感じないわけでも無かった。が、ことの自然な成り行きから、帯刀はこう誘いかけた。

「しからば、身どもも、これより宇治の家にもどるところだが、道の便りよろしければ、そこまでご一緒いたそう」

すると娘は、しとやかにお辞儀をして、帯刀の後に従った。

ふたりは次第に傾く夕陽の光の中を一緒に歩いて行った。娘は、帯刀の親切に報いようと思ってか、また、人通りの無い山道の寂しさを紛らわそうと思ってか、明るくはずむように話し続けた。

「ほら、ご覧くだされ。きれいな花が咲いておりまする。わたくしは、いつもこの道を通るたびに、こうして美しい花を、上様《うえさま》のお土産《みやげ》に摘んでまいるのでございます。——あ、ほれ。百舌鳥《もず》が鳴いておりまする。お武家様は、鳥のように、空を飛んでみたいと思ったことはございませぬか」

娘は、いろいろのことを話し出す。帯刀は、その話にただ相づちを打つだけであったが、いつも書物の世界にのみ浸っている毎日とは違う、楽しいひとときであった。

しばらく行くと、道の左手に、宇治の本道からそれて、山へ向かって爪先上《つまさきあ》がりに続く細い小道があった。あたりはもう夕映《ゆうば》えの色も薄れ、娘が曲って行こうとしている小道は、木の暮《こく》れ闇《やみ》に包まれていっそう暗く見えた。

「お侍様。わたくしの宮仕えするお屋敷は、この道の奥でござりまする。これまでのご親切に甘えて、今すこしの道をお送りくださりませぬか」

帯刀は、この辺りに宮仕えの娘を置くような屋敷があるということは、今まで聞いたことも無かったから、娘を気遣うためよりも、次第に増してくるみずからの好奇心に動かされて、ふだんはそれたこともない小道へ娘と一緒に入っていった。

しばらく行くと、道は粗末な枝折戸《しおりど》の門に続いていた。

「ここが、わたくしの仕えているお屋敷にござりまする。お武家様のご親切に、わずかばかりのお礼を申し上げとうござりまする。しばらくお待ち下さりませ」

宮仕えの娘は、そう言うと、帯刀をそこに残したまま建物の方へと足早に去っていった。

あたりは、もうすっかり夕闇に包まれていた。松や柏《かしわ》の木立に囲まれた、広い屋敷の奥の建物には、ちらちらと灯火《ともしび》の影が見える。なにぶんにも由《よし》ある人の隠れ家とみえて、門のうちは、ひろびろとした庭になっている。池を掘り、築山《つきやま》をきずき、野の草や木をそれとなく植え込んだ風情のあるその庭には、秋のころとて、尾花くず花が露を宿し、やり水に紅葉うずもれて、霜に移ろう菊の籬《まがき》が、夜目《よめ》にかすんでおぼろに見渡せた。門の傍に取り残されて、ひとりたたずむ帯刀の耳に、宵闇《よいやみ》のしじまの中から聞こえてくるものは、庭に引き入れられた遣《や》り水のさらさらという微《かす》かな音ばかりであった。

しばらくすると、御簾《みす》半ば垂れて、灯火かすかにきらめく建物の奥からほのかな琴の音《ね》が聞こえてきた。それは、いかにもさわやかな美しい調べであった。いったい、いかなる人が奏でているのであろうか。そう思いながら、恍惚《こうこつ》として聴きほれていると、帯刀は、次第になにか妖気漂う不思議な気分に包まれていった。

やがて、さっきの宮仕えの娘がもどってきた。

「お武家様のことをお伝え申し上げましたら、上様が、どうぞこちらへお上がり遊ばすようにと申されておりまする。さ、どうぞ」

娘はそういって、彼を館《やかた》の内に招き入れた。

帯刀は、琴の主《ぬし》もゆかしく、招かれるままに娘のあとに従って中へ入った。すると、六十《むそじ》ばかりの老女が出迎えた。今度は、その女に導かれて、奥の広間へ通された。広間には、四季の屛風、錦の帷《とばり》、そして蒔絵《まきえ》をほどこした家具調度、どれもみなすばらしい逸品ばかりが、明るい灯火《ともしび》の光に浮かび上がっていた。

あたりの豪華さに圧倒されながらも、帯刀はすすめられるままに座に着いた。座に着いたとき、侍女たちが、お盆にかしわの葉を敷き、果物をうずたかく盛ってもてなすさまを見て、彼はいよいよ並々ならぬ人の隠れ家に違いないと思った。が、しかし、それにしても、このあたりにこのような屋敷があるということは、今までついぞ聞いたこともなかった。この年月《としつき》、このあたりは幾《いく》たびとなく行き帰りしている道である。いったい、いかなるお方の隠れ家であろうかと、帯刀のいぶかしさはいっそう増すばかりであった。

そのとき、かの老女が帯刀に近付いて、出し抜けにこう言った。

「失礼ながら、そなた様は、宇治の帯刀様……。あ、いや、伊藤帯刀則資《のりすけ》様ではござりませぬか」

彼は唖然《あぜん》として老女の顔を見た。はじめて訪れたこの屋敷で、見ず知らずのこの女がなにゆえ我が名を知っているのか――。

「いかにも」

と言ったきり、彼は二の句が継げなかった。

帯刀の驚きをよそに、老女は笑いながら続けた。

「おほほほほっ。ほんにまあ、老いらくの身は心せかれて、事のあらましをも語らず、つい、出し抜けの物の問いよう。さてさて失礼の段、なにとぞお許しなされて下され。ご不審は、ごもっともにござりますれど、これにはいささか子細がござりまする。われら、あなた様にはいずれお目にかからねばなるまいと思っていた矢先のこと。まあ、なにとぞ、まずこの婆《ばば》の話をお聞き下され」

詫《わ》びごとを言ったあと、老女はいかにも満足げな顔をして問わず語りに続けた。

「帯刀様には、このごろ、この近くの道をば、おりおりお通りになられまするが、それがさて、いつの折にか、当家の姫君が、あなた様のお姿を垣間見《かいまみ》たまいてより、夜昼《よるひる》となく恋い慕うて、恋患《こいわずら》いと申すのでござりましょうか、ちかごろは心ここにないご様子。この婆も、ほとほと困っておりました。いずれ折もあらば、人伝《ひとづて》ならず直々《じきじき》にお会い申してお話しいたそう、とそう思っていた矢先のこと。はからずも今宵《こよい》、こうしてお目にかかれた、この婆の心のうれしさ。きっと出雲の神のお引き合わせでござりましょう。ほんに不思議な御縁でござりまするぞや。このような山里の侘びしい住まいを、物憂く思し召されぬならば、なにとぞ姫君のお心を慰めたもうてくだされ」

ねんごろに語る老女の言葉を、帯刀はただぼう然として聞いていた。なんということか。恋は思案の外《ほか》とは言いながら、このような屋敷に住む高家《こうけ》の姫君が、よりによって自分のような浪人ふぜいの青侍《あおざむらい》に思いを寄せ、しかも、たまたま訪れた屋敷がご当人の住まいであったとは。よく考えてみれば、あまりにも話が出来過ぎているではないか――。そのことに気付かないはずはなかったが、しかし、さきほど、庭で聞き惚《ほ》れた琴の音《ね》が、帯刀を知らないうちにまだ見ぬ女の虜《とりこ》にしてしまっていたのである。

沈黙ややこれを久しうしたのち、帯刀は答えた。

「あ、いや、それがしは図《はか》らずも、このように静かに世をお忍びの住まいを、驚かしました る無礼をも咎《とが》めたまわず、あまつさえ浅からぬお志、まずもってかたじけのう存じまする。はて、ただ今のお申し出、それがし、さいわい未だ定まる妻もござりませぬゆえ、久米《くめ》の岩橋、架《か》けてくださらば、渡らねばなりますまいが、しかしなに分にも、やつがれがごときは、このような御高家の御息女《ごそくじょ》様と夫婦《めおと》になるような身分では無し、言うなれば釣り鐘に提灯《ちょうちん》、はたまた月と鼈《すっぽん》。いかがなものかと存じまするが――」

老女はためらう帯刀の顔を見て言った。

「おうおう、左様《さよう》でもございましょうが、お慕い申し上げているのは当家の姫君様。とかくのご思案は、お逢いなされてからでも遅くはございませぬ。さあさあ、それではお引き合わせいたしましょうほどに、ちとお待ち下され」

笑みを浮かべてそう言うと、老女は帯刀を残したままどこかへ出て行ったが、ほどなく姫君を連れてもどってきた。

ああ、何と美しい人だろう——。その姫君を一目見た瞬間、帯刀は全身が甘美《かんび》な感情に満たされた。しかもまたそれは蠱惑《こわく》をともなう感動でもあった。照り輝くばかりの装いに、柳の黒髪はさらさらと肩に流れ、桃花《とうか》のくちびるは朝《あした》の露にうるおい、悦びの顔色はまなじりに余りながら、少し恥じらいを含んだその様子は、春の夜のおぼろにかすむ月影のようでもあった。これほどまでに美しい人を、彼はいまだかつて夢にさえ見たことがなかった。月の都の人か、はたまた天《あま》の川の織姫《おりひめ》かと、我が目を疑いながら、帯刀はただただ恍惚としてその姿にみとれていた。

老女は微笑みながら当惑する彼をしばし見つめていたが、やおら、その美しい姫君の方をかえりみて、優しくこう言った。

「姫君様、いかがにござりまする。かねてより、恋い慕っておられましたそのお方が、今宵こうしておんみずからお越し遊ばされたのでござりまするぞや。さてさて、花の下紐《したひも》解《と》ける春に逢う心地の嬉しさ。このようなことは思いもせなんだ。これまでお育て申し上げた、この乳《う》母《ば》の悦びは、ひとしおでござりまする」

そう言うと老女は、感きわまって泣きむせんだ。

やがて、その涙の袖を払うと、老女はふたたび帯刀の方を向いて言った。

「あなた様に恋いこがれる、このように美しい姫君をご覧あそばして、よもや、お嫌《いや》ということはありますまい」

帯刀の返答も待たず、いつの間にかふたりの前には酒肴の用意が整えられ、かくして仮に婚儀が執り行なわれたのであった。

帯刀も何度か酒杯を重ねたのちは、次第にくつろいだ気分になってきた。ほどよく酔いが廻ってきたころ、何とも言い知れぬしあわせな気分にひたりながらも、まだどうも納得のゆかない、いぶかしい心のうちを、このさい思い切って打ち明けてみた。

「ただいま仮にご婚儀は済ませたものの、まだお名さえうかがっておりませせなんだ。このようないかにも寂しい山里に、こうしてお忍びなさる御息女様はいかなるお方にござりまするか、差し障り無くば、是非ともお教え願いとう存じまするが――」

帯刀が遠慮がちにこう尋ねると、いままで悦びにあふれていた老女の顔が突然憂い顔に変わった。そしてそのとき、思いなしか灯《ともしび》火の火影《ほかげ》が大きくゆらめき、庭の木の梢に風が騒いだようであった。帯刀は、背筋に冷たいものを感じたが、あえて平静をよそおって老女の言葉を待った。

ややあって、老女は溜め息まじりに口を開いた。

「このうえは、包み隠すこともならぬわざ。もはやすっかりお明かし申さねばなりますまい。帯刀様、決して驚いてはなりませぬぞや。ここにおられる姫君は、あの平家の御大将、三位《さんみ》の中将重衡卿《しげひらきよう》の忘れ形見におわせられますぞいなあ」

一瞬、帯刀は我が耳を疑った。しかし次の瞬間、卒然《そつぜん》としてすべてを悟った。いま、自分の目の前にいるこの者たち、これは皆すでに死んだ人間の亡霊たちなのだ。おぞましいと思った反面、自分を恋い慕う美しい姫君をみると、もはや覚悟を決めて老女に言った。

「事の故由《ゆえよし》を、いま少し承りとう存じまするが」

老女は、帯刀の態度を見きわめると、乞われるままに古風な言葉で平家一門の滅亡を涙を抑えながら語った。

「あなた様は、はや忘れてか知らねど、さても、過ぎぬる治承《じしよう》の秋の嵐に、故内府《こだいふ》、平《たいら》の重盛卿《しげもりきよう》、はかなくも世を去り給いしは、暗夜に灯火《ともしび》の消えたる心地して、安き心もなきところに、木曽の深山《みやま》より、兵《つわもの》おびただしく攻めのぼるというほどこそあれ、主上《しゆじよう》・門院をはじめたてまつり、一門の人々そこはかとなく迷い出で給い、我が君重衡卿も、北の方《かた》様は都にとどめ給いて、お供におくれじと、名残《なごり》はつきぬ有明の、月の都に帰り来る時こそ巡り合うべしと、音《ね》をのみぞ泣く須磨の内裏《だいり》も、さかしきつわものの襲いたてまつりて、またもやうつつ心もなく、はるばる西海の波の上にさすらい給い、終《つい》には吾妻《あづま》えびすの勝《かつ》にのりて、御一門残りなく秋の木の葉のちりぢりにならせ給う。中にも、ひとしお心憂きは、我が君、重衡卿にておわしまする」

こう言って、老女はまた深く溜め息をついた。

「ご心中お察し申し上げる」

帯刀も、その昔を思いやって深く同情した。

「殿のご最期は涙なしには語れませぬぞや。敵の矢にあたって、召されたお馬が驚いた拍子に、落馬なされたとのこと。そのとき、お供に従う者たちは、長年の御恩をもうち忘れ、大事な時に殿をば見放し、折り重なって生け捕り奉りしとのこと。殿はついに敵方の手に渡され、鎌倉へ、南都へと、そこかしこに引き廻されて、とうとう木津川のほとりで敵の手にかかり、あえなき御最期。御一門、都を落ちさせ給いしころしも、姫君様は御年《おんとし》わずかに五歳。わらわが抱《いだ》きまいらせ、御台様《みだいさま》もろともに、ここかしこに隠れ住み、いつしか世の荒波がしずまらば晴れて都へ帰らんものをと、頼む綱手《つなで》も切れはてて、波に漂う海人小舟《あまおぶね》のように、あてどなくさすらう毎日。あまつさえ、御一門、壇《だん》の浦《うら》に滅び給いしこと、はては重衡卿の御最期を聞くにつけても、御台様は闇路《やみじ》に迷う心地して、重い病におかされ、程なく御他界遊ばされました。わらわも、ともに死のうとは思えども、姫君様を育み申し上げる者もなかりしゆえ、惜しからぬ命を姫君様のおんために尽くさんものと、足らわぬながらも力のかぎりお仕え申してまいりました。この深山辺《みやまべ》に隠れ住んでからというもの、言問《ことど》うものとては、梢《こずえ》を渡る秋の風、鳴かぬ日の無き呼子鳥《よぶこどり》、涙の雨にかきくれて明かし暮らしておりまするが、ようやく御成人なされた姫君様のお姿を見るにつけ、ああ、世が世であれば、いかなる公達《きんだち》をも婿《むこ》がねにと、昔を偲《しの》ぶそのうちに、あなた様と宿世《すくせ》の契り絶えず、一途《いちず》な恋に胸を焼く折も折、幸いにも、こうしてお目もじが叶《かの》うたのでござりまするぞや」

この話を傍らで聞きながらそぞろ涙に暮れていた姫君を見て、帯刀もまた思わず目頭《めがしら》を抑えた。

しばし沈黙ののち老女は、今度は調子を変えて明るく言った。

「はてまあ、このようなめでたいお席に、言うても詮《せん》無き老のくりごと。よしなき長物語《ながものがたり》に、姫君様にもさぞや物憂《ものう》くおぼされてござりましょうほどに、これ以上は座のさわり。さてさて、夜もいたく更けたそうな。お床入《とこい》りの支度も、はやしつらえてござりますれば、あとはおふたり様で、どうぞよしなに――」

老女は、そう戯《たわむ》れて次の一間《ひとま》へ引き下がった。

ふたりきりになった後で、帯刀は姫君の手を取り閨《ねや》へはいると、空焚《そらだ》き物のかぐわしい香りが、馥郁《ふくいく》として部屋いっぱいに漂っていた。また、美しく飾った文台《ぶんだい》には草紙や歌集などをとりそろえてあったが、その上にふと目をやると、姫君が詠んだとおぼしい一首の歌が書きつけてあった。

ならひしも　物おもふ閨《ねや》の　ひとり寝《ね》に　憂《う》きをしのぶの　軒《のき》の松風

硯を引きよせて、帯刀もこう書き添えた。

ほの見つる 心の色や 入りそめし 恋の山路《やまじ》の 枝折《しおり》なるらん

姫君は、その歌を繰り返し口ずさみ、小さな声ではじめてものを言った。

「わらわも夢うつつと存じますれど、ふみ迷うた初尾花《はつおばな》に、染めまする色の、いつまでも変らぬ契りを――」

その言葉を聞いて、姫君の肩をやさしく抱きながら、帯刀が言った。

「そなた、わが身をはじめて見初《みそ》めたのは、いつの頃であったかな」

女は、とろけるような笑みを浮かべて答えた。

「はい。この身が、はじめてあなた様にお目にかかりましたのは、わらわが乳母《めのと》に連れられて、石山寺へ参詣したときのことにござりまする。お覚えもあるまいかと存じまするが、あのとき、お先にお出でのあなた様を何気なくお見かけいたした折、思わず目と目が合《お》うたのでござりまする。それからというもの、ふたたび逢うこともかなわぬまま、燃える思いに胸を焼きながら、今日まで待ち続けてまいりました。あれから幾年月《いくとしつき》、あなた様は何度かご転生《てんせい》遊ばされましたれど、我が身ひとつは元のままに、思いの煙の絶えることなく、こうして待ち続けてまいりました。世を隔ててお慕い申し上げた我が夫様《つま》と、今宵《こよい》ひとつ衾《ふすま》に添い臥せることは、ほんに夢のようでござりまする」

この言葉に、帯刀は、おのれの人生の宿命を感じた。相手が、たといこの世の者でないとしても、これほどまでに我が身を慕い続けた女を、どうしていい加減にあしらい得よう。彼には、女がいっそう愛《いと》おしく思われた。

新手枕《にいたまくら》に甘美な夢を結ぶ間もなく、五更《ごこう》の空ほのぼのと明け行き、梢を伝う小鳥の声にふたりは目を覚まされた。

やがて、かの老女がやってきて、声高《こわだか》に言った。

「さあ、さあ、夜が明けましたぞや、おふたり様。昼ははばかりのある身。もはや、お別れせねばなりませせぬぞ」

そうだ、幽明処《ゆうめいところ》を隔《へだ》つこの者たちを昼見てはならぬのだ——そう思うと、帯刀には花嫁の存在が急に遠くはるかなものに思われた。老女は続けてこんなことを言う。

「重ねての逢瀬《おうせ》は、また来る亥《い》の年の秋。それまでは別れ別れに過ごさねばなりませぬぞ」

急《せ》かされて仕方なく帰り支度をしながら、帯刀は思った。また逢える日の夜は、この次の亥《い》の年だという。——何ということだ、今年は丑の年。また来る亥の年の秋と言えば、あと十年後のことだ。いかに宿世《すくせ》とはいえ、この世の人間にとっては気の遠くなるような先のことではないか——。そんな帯刀の思いをよそに、老女は重ねて言った。

「来たる亥の年の秋には、またお逢いしましょうぞや。されど、その折には、このお屋敷では、もうお目にかかりませぬ。都の北、大原の里にてお待ち申しまする。建礼門院様、世を逃れて大原の奥におわしてのち、主上《しゅじょう》をはじめ平家御一門の方々を、皆、かしこへ迎え取りなされて、重衡卿も北の方様ともどもすでにそなたへお移りなされたものの、この姫君のみは門院様も知りませせなんだ。それゆえ、ただいたずらにこの所に住み侘《わ》びておられましたれど、ちかごろはこのお屋敷も荒れまさりたるゆえ、いよいよ大原の御所へ移りたくは思っておりましたが、そなた様を慕う姫君の心をやすめんため、これまでこのお屋敷にとどまっておりました。おふたりが逢瀬をとげた今は、いよいよかしこへ移りたく存じまする。されば、それにつき、ひとつお願いがござりまする。帯刀様、まず大原の御所へまいり、この由お告げ下されませぬか。このこと、くれぐれもお頼み申しまする。あなた様にも、いずれあちらへお越し下さりますれば、御一門の皆々様、さだめしお悦び遊ばされることでござりましょうほどに、なにとぞひらにお願い申しまする」

帯刀が老女の言葉にうなずいていると、やがて新妻《にいづま》が、床《とこ》のあたりから一面《いちめん》の硯を取り出して、帯刀の手に渡してこう言った。

「これは、高麗《こま》の国より奉りましたる、遠山《とおやま》という名の名硯《めいけん》にござりまする。亡き父君《ちちぎみ》が高倉の帝《みかど》より賜りしものなれど、母君の手より、わらわが譲り受けて、今まで片時も我が身を離さず大切に扱うてまいりました。我が夫様《つま》との契りを、この硬い石にこと寄せて、お贈りしとう存じまする」

言い終わるやいなや、新妻は涙に暮れていた。帯刀も、波に千鳥の 笄《こうがい》 を形見に渡して、去りがたい別れを告げた。

屋敷を出ると、帯刀はまた来る日のために枝折《しおり》をして宇治の本道へ出た。本道へ出て家路に就いたころには、ひろびろとした秋の野末《のずえ》に東雲《しののめ》がようやく白みかけていた。

宇治の家では、帰りの遅いことをいぶかり、人を出してそこかしこ探していたが、ひょっこり帰って来た息子を見てわけを問うた。しかし彼はただ道に踏み迷うて、とのみ答えた。

家に帰っても、かの面影は脳裏を離れず、夢では無かったかと思っても、移り香は袖に残り、睦言《むつごと》は耳に残り、形見の硯とともに今もその人が身に添う心地して、片時も忘れることができなかった。

帯刀は、一室に籠《こ》もったきり父や母にさえ会わなかったが、かの幻をもう一度見たいと思って、そののち、いくたびとなく琴弾山に分け入って見た。けれども、何度たずねてみても、あの草深い木立の中の屋敷はついぞ見当たらなかった。

帯刀は思い余って、あの日と同じ秋の夕暮れに、ここぞと思うあたりに足を踏み入れて礎石でもあろうかと丹念に探してみた。すると、松や柏《かしわ》の木が生い茂り、蓬《よもぎ》や薄《すすき》の乱れる藪の中に、傾いて苔むした幾つかの五輪の塔があった。しかもその傍にあの朝の帰りぎわに枝折《しおり》をした一本の枝を見付けたとき、彼はようやく納得した。

その墓石を見つめていると、あの夜を思い出してむしょうに悲しみが込み上げてきた。静かに両手を合わせて、しばらくたたずんだのち、彼は涙を抑えてそこを立ち去り、その足でそのまますぐ洛北《らくほく》大原の寺院へ向かった。

平家一門の過去帳を見るに、確かに重衡卿の御息女の名は無かった。寿永の乱れに、幼くして都を迷い出《い》で、しばらくは生き長らえた身であれば、建礼門院をはじめ、一門の人々も知らず、世を去ったのち供養にあずからぬも道理であった。帯刀は、過去帳に姫君の名を載せ、後ろの山に新しい卒塔婆《そとうば》を立て、西山上人《せいざんしょうにん》という名高い聖《ひじり》を招いてねんごろに開眼の供養を行なった。

そののち宇治の家に帰っても、かの花嫁のことは誰にも話さなかった。ただ自分ひとりの胸にしまったまま、形見にもらった遠山の硯を、明け暮れ手にとり、その面影を見るがごとくに慈《いつく》しんで、再び妻を迎えることもなく、引きこもりがちに暮らした。

こうして、待つ身に長い歳月は、ゆっくりと過ぎて行ったのである。

やがて、月日は流れ、とうとう亥の年の秋がやってきた。ある晴れた日の夕暮れのことであった。もともと衰弱しきった身に、風邪の心地さえして、余命いくばくもないと悟った帯刀は、ふと庭の景色でも眺めようと思って縁側の障子を開けた。すると、十年前あの山道で出逢った娘がどこからともなく現われ、微笑みながら帯刀に言った。

「今宵、御《お》迎《ん》えをまいらせたいとのことにござりまする」

そう言うと、娘は掻き消すようにいなくなった。

それを聞いた帯刀は、とっさにかの老女が言った言葉を思い出し、いよいよ我が命は今宵にきわまったと思った。しかし、死ぬのではない、約束の妻のもとへ行くのだという思いは、かえって彼を元気づけた。そこで、ふらつく足元で寝屋《ねや》を離れ、両親の前へ出た彼は、このとき初めて事の次第を打ち明け、あのとき姫君から贈られた遠山の硯をとり出して見せた。そして、自分が死んだら、どうかくれぐれも、この硯を一緒に棺《ひつぎ》に納めて、大原の山に葬ってくれと頼んだ。それを聞いて、長《なが》の年月《としつき》病み臥して、ほとんど快復の見込のない様子を見てきた両親も、そうでもあろうかと、息子の語る話にせめてもの救いを見いだそうと思った。

その夜、帯刀は静かに息を引きとった。両親は、その言葉のとおり大原の山に葬り、やがて多くの僧侶を頼み、ふたりの菩提《ぼだい》をねんごろにとむらったという。が、しかし、雨の降る夜などには、姫君の手をとり、かの娘を連れて、おりおり大原の里の、おぼろの清水などのあたりを通り過ぎるのを、見た人もいたということである。

補記

明治の噺家三遊亭円朝が口演した「牡丹燈籠」は近代日本の有名な怪談だが、その元となった話はふるく中国明代の小説、瞿佑《くゆう》著『剪燈新話《せんとうしんわ》』の中の一話「牡丹燈記」であった。死んだ女が幽霊になって夜ごと男のもとへ通ってくるというこの話の背景には、じつは東アジアに拡がる冥婚の習俗があった。年若くして死んだ少年少女の霊を慰めるために、死んだ者同士を夫婦にして婚儀を執り行なうもので、「牡丹燈記」もこのような習俗から生まれた話であった。中国の冥婚譚の多くが未婚の女の霊を登場させているのもそのためである。冥婚は男女ともに冥界の者であれば小説にはならない。しかし、冥界の娘の相手が現世の男であることによって人間世界の物語となる。ただし朝鮮半島まで広がる冥婚の習俗はさらに東方の日本列島にはほとんど存在しない。日本における冥婚譚は江戸時代、中国の小説の翻案から生まれたものである。寛文六年（一六六六）に刊行された浅井了意の怪異小説集『伽婢子《おとぎぼうこ》』に収める「牡丹燈籠」はタイトルが示すように右の明代の小説「牡丹燈記」の翻案であり、それ以後江戸時代の小説にもさまざまな形で冥婚譚が採り入れられた。ここに掲げた都賀庭鐘《つがていしょう》の物語はそうしたなかの傑作の一つとみてよい。

なお、ここに掲載した物語は、明和七年（一七七〇）刊、都賀庭鐘著『席上奇観 垣根草』一の巻「伊藤帯刀、中将重衡の姫と冥婚の事」を典拠にしている。ほぼ原文に添ってはいるが、著者が内容を多少改変・増補して現代文に直してある。増補・改変にあたっては小泉八雲著、平井呈一訳『怪談・骨董他』に載せる「伊藤則資のはなし」を参考にした。

第10章　信義と友愛

——上田秋成作「菊花の約」——

旅の途上で病におかされた身を献身的に看病してくれた男と義兄弟の盟約を交わした武士がいた。彼はその男と再会の約束を固く結んでひとまず国もとへ帰った。しかし国もとで幽閉され、約束の日が近づいても一歩も城外へ出ることができなかった。彼はやむを得ず自らの命を絶ち、亡霊となって現実では果たせなかった再会の約束を果たしたという。この物語のふたりの男の友情と信義とをどのように読み解いたらいいのだろうか。

自分だけの自由な時間がほしい。親にも他人にもあまり干渉されたくない。しかし孤独には耐えられない。そんな思いを多くの若者が持っているのではないだろうか。人はかくあらねばならぬという周囲からの圧力が強かった時代に比べれば、われわれは今日ずいぶん自由な時代に生きている。その代わり、人生をどう生きるかという問題は各人が自ら解決しなければならない厳しい時代でもある。しかも、この自由の裏側にはまた必ず孤独が付きまとっている。人との付き合いに距離を置きつつも、反面現代人は強く心の絆を求めているのではないか。若者にとってその手段が今日スマートフォンだとも聞く。しかし、それによってほんとうに心が満たされているのだろうか。

かつて「書を友とする」という言葉があった。世におもねることを嫌い、志を同じくする古人と読書によって心を通わせることであった。書物はただ一方的に内容を伝えるだけではない。読者が積極的に問いかけることで、そこに書かれた文字がはじめて生きて語りかけてくるようになる。他人との心の絆をこのように結んだ時代もあった。しかし、やはり今一つ満たされないものを感じる。

上田秋成著『雨月物語』の中の短編「菊花の約《ちぎり》」に出てくる丈部左門《はせべさもん》という男は、在野の孤独な学者であった。この物語の時代は私欲が渦巻く戦国の世である。そんな時代にまさしく書を友として暮らしていた左門が、あるとき病に苦しむ旅の武士を救った。その名は赤穴宗《あかなそう》右衛門《えもん》。伝染病のために近づく人もなく、宿屋の一室に捨て置かれていたのである。手厚い看病を受けた彼は、病の床で左門に向かい、「死すとも御心に報ひたてまつらん」と誓う。どんなにか有り難く思ったことであろう。さいわい病が快癒して、ともに語り合った二人は、意気投合してついに堅く義兄弟の盟約を結んだ。孤独な左門にとっては終生の友を得た喜びである。「菊花の約」という作品の名は、左門の家にしばらく滞在した宗右衛門が、九月九日の菊の節句に再会を約してひとまず故郷へ帰るところに由来している。二人の約束は平凡なものにすぎない。しかし時は戦国の世であった。

われわれは通常友達との約束も不測の事態が起きれば履行できないことがあることをお互いに充分承知しているが、一旦故郷へ帰った宗右衛門に、まさにその不測の事態が生じたのである。彼は国元の城主によって幽閉されてしまった。約束の日は近づく。左門は自分を信じて待っているだろう。作中の宗右衛門の言葉に、「此約《このちぎり》にたがふものならば、賢弟《けんてい》、吾《われ》を何ものとかせんと、ひたすら思ひ沈めども遁《のが》るゝに方なし」とある。思い余った彼は自害し、霊魂となって百里彼方《かなた》の左門の家に飛んで行った。亡霊となって再会の約束を果たしたのである。

これは小説にすぎないし、そのうえ今の倫理観からしても共に語れる話ではないが、多少胸を打つものがあることも確かである。

秋成以前、井原西鶴著『武家義理物語』の中にも「約束は雪の朝食《あさめし》」というこれに似た短編があった。洛北賀茂山に隠棲する石川丈山《じょうざん》のもとに、雪降り積もる霜月末《しもつきすえ》の日の朝、ひょっこりと約束の朝飯を喰いに来たという武士の話である。彼はただそのためにだけはるばると備前の岡山からやってきた。風流とも、いやまた愚行ともとれる話であるが、これも武士の信義を語る話であった。丈山は軽い口約束のつもりで、つい失念していた。この武士に比べれば、宗右衛門の行動にはわれわれにも納得できるところがある。彼は、親身も及ばぬ看病をした左門に向かい、「死すとも御心に報ひたてまつらん」とも、「吾半世《はんせい》の命をもて必ず報ひたてまつらん」とも言った。少し大仰《おおぎょう》に聞こえるかも知れないが、当座は誰しもそう思うであろう。が、しかしまた凡人にしてみれば、日常の生活に戻り、時が経てば、いつしかそのときの感情は薄れてゆくものである。しかも宗右衛門は約束をみずから破ろうとしたわけではない。事情が許さなかっただけのことである。そんなとき、人はむしろ約束の不履行が自分の所為《せい》ではないことを我と我が身に言い聞かせ、責任を免れようとするものだ。

童話風の小説、太宰治著『走れメロス』にこれと似た話がある。約束の刻限に帰り着かなければ、身代わりの友人が王によって殺されるという設定で、メロスは走り続けた。野を越え山を越えて彼は走り続けたが、途中山賊の出現や洪水による橋の流出などさまざまな障害のために帰り着けそうになくなったとき、心弱くもメロスはつぶやく。「私は、これほど努力したのだ。約束を破る心は、みじんもなかった」、と。これが本音ではなかろうか。帰り着かなければ罪のない友人が身代わりに殺されるという、そんな切羽詰まった場面であっても、である。まして「菊花の約」で失うのはたかが知れた二人の間の信義である。しかし、宗右衛門にとってはそれが千鈞《せんきん》の重みをもった。「此約にたがふものならば、賢弟、吾を何ものとかせん」——左門から自分が少しでも低く見積もられることは、命に替えがたい屈辱と感じたのである。彼は人間としての誇りを大切にしたのだ、と言ってもいいだろう。

　ところで、秋成の小説には中国小説の典拠があったことが知られている。明代の小説、『古今小説』に収録される「范巨卿雞黍《はんきょけいけいしょ》死《し》生《せい》　交《のまじわり》」である。再会の約束を果たすために死ぬ人物が日常生活に追われる一人の商人である点で、私にはむしろこの小説の方が身近に感じられる。

　時代は後漢の明帝《めいてい》の頃。科挙《かきょ》に応じるため、旅装を整えて洛陽《らくよう》の都へおもむく張劭《ちょうしょう》という秀才（中国王朝時代の官吏登用試験だった科挙の受験資格がある者）がいた。運命の出会いは、明日ようやく都へ入るという晩の旅宿でのことだった。「菊花の約」の左門にあたるのが張劭である。彼は独身の青年であった。伝染病に罹って危篤状態にあったのが范式《はんしき》という男である。これもまた科挙に応じるために長の旅路をはるばると都へやってきた秀才であった。彼は張劭よりも五歳年長ですでに妻子があった。張劭の手厚い看病によって一命を取り留めたが、もはや二人とも試験の期日には間に合わなかった。初めて会った見ず知らずの他人に対して張劭がこうした行動をとったのはなぜか。彼は、「是斯文《これしぶん》なれば」と言う。「斯文」とは儒教の道の意である。畢竟《ひっきょう》、科挙に及第して国家の役人となるのも民の生活を安寧に導くためである。仁・義・礼・智・信、これを儒教では五常といい、人の守るべき徳目とした。病める同学の士を見殺しにして行くことは、それだけで科挙に応じる資格がないと張劭は考えたのである。このような倫理観は、現代のわれわれにとっては「菊花の約」と同じくやはり特殊な時代性を感じさせる。身近な問題というのはそこではない。病癒えてのち、一年後の重陽《ちょうよう》の節句に張劭の家での再会を約して我が家に帰った范式が、約束の日を忘れるという点である。彼は隣家から贈られた節句の酒を見てびっくり、まさに今日がその約束の日であることを知った。張劭の家まで千里の道をいかんともしがたく、みずから命を絶ち亡霊となって再会の約束を果たしたのは「菊花の約」と同じであるが、そのとき范式が言った。「別れて後、家に帰ると、妻子を養うために身を商いに溺《おぼ》らせ、俗事に追い立てられることとなりました。そのうち歳月は匆々《そうそう》と過ぎ去り、思わずも一年が経ってしまったのです。あのときのことは心に掛けていたのですが、目の前の小さな利益に牽《ひ》かされて、私はすっかり約束の日を忘れていました」、と。ここにはごく自然な人間の性情が語られていはしないだろうか。われわれは忘れるから生きていけるのだ。西鶴の「約束は雪の朝食」を見よ。相手だって忘れているかも知れないではないか。

張劭が病める范式を救ったのも、また范式が再会の約束を果たすために死を選んだのも、表面上は儒教の倫理観に基づいて語られている。なるほど張劭が最初にとった行動はそのとおりだろう。しかし、一旦別れて後、千里離れて暮らす二人が、待つ側も待たれる側も素朴に再会を信じている様子は、信義といった儒教の高尚な徳目など忘れさせるものがある。二人の情愛はすでに骨肉の如く深まっていた。張劭は純粋に范式を信じて疑わなかったし、范式は張劭の信頼を裏切ること、それのみを恐れた。ただそれだけのことである。張劭はその後范式の郷里を訪ね、彼の心に報いるため、その棺の前で自刎《じふん》して共に命を終えたという。決して信義に殉じたのではない。死んだ張劭は、生前の遺言どおり兄弟の盟約を交わした義兄范式の墓に仲良く一緒に葬られた、とあるではないか。この話は二人の男の愛情の物語、さらに言えば同性愛の物語だったことがここに明らかである。二人は心中したのだ。

『古今小説』では、この本来の物語に付け加えて、後日この話を聞いた明帝が、二人の信義を世に顕彰するため、科挙への登第なくして特別に名誉の官職を贈り、墓の傍らに「信義の祠」

を建て、墓を「信義の墓」と名付けた、と丁寧にも儒教色の上塗りをしているが、そんなことは地下の二人にとってどうでもよいことであった。

千里離れていても信じ合える人が居るかぎり、人は孤独ではない。

第11章　止められぬは我が心

——近松門左衛門作『冥途の飛脚』——

ふたたび父子の物語、近松門左衛門の浄瑠璃『冥途の飛脚』をとり挙げてみよう。これは父子の関係を正面からテーマとするものではないが、子を思う父の配慮が裏目に出る悲劇である。大坂（今の大阪市）の飛脚屋へ養子に入った忠兵衛という分別盛りの青年が理性を失って公金を横領し、遊女を連れて逃走した。罪を犯して故郷に逃げ帰ってきた我が子と対面することになった老父の嘆きが心を打つ話である。

正徳元年（一七一一）の春、大坂の竹本座で初演された人形浄瑠璃『冥途《めいど》の飛脚《ひきゃく》』は、近松門左衛門が書いた世話物の傑作のひとつである。大坂の飛脚屋亀屋の跡継ぎ養子となった田舎出の若者が、深く馴染んだ遊女の身請《みう》けの金に困って武家の為替金を横領し、逃走のあげく捕らえられて刑死するというのがそのあらすじである。

若者の名は忠兵衛。大和国《やまとのくに》（今の奈良県）新口村《にのくちむら》の富裕な農民の子だが、生みの母が亡くなったのち後妻を迎えた父が将来を心配して二十歳のとき大坂の商家へ養子に出したのである。今ではもう廿四歳になっていた。また、彼が惚れた遊女の名は梅川といい、大坂新町遊廓の下級の遊女であった。遊女は一定の年数を限っての身売りである。梅川にはあと二年の勤めが残っていた。年季が終わらないうちは、遊女の客がその抱え主に代価を支払って請け出し、自分の妻妾にすることができたが、梅川の場合これに百六十両の金が必要だった。黄金の小判百六十枚である。ある客が、この大枚《たいまい》を支払って、梅川を請け出すという相談がまとまりかけていた。ここに忠兵衛と梅川の悲劇が始まる。

亀屋の主人とはいえ、忠兵衛にはその客と張り合えるほどの経済的なゆとりはなかった。そんな彼にとって家業はじつに因果な商売だった。月三度、江戸と大坂を往復する飛脚屋は現金の輸送も兼ねていたから、零細な元手にもかかわらず年間何千両という莫大な金を取り扱う。

亀屋の手代《てだい》の言葉を借りれば、「五千両七千両、人の金を預かつて、百卅里を家にし、江戸大坂を広う狭うする亀屋」であった。直接現金を扱うため、同業者は組合を作って万一のときの保証制度も設けていたが、誘惑の多い商売だったと言えるだろう。こともあろうに、その店の主人が人の金に手を付けてしまったのである。

客観的に見れば、誰が聞いても同情の余地のない犯罪である。しかしそれにもかかわらず、この悲劇の人物にわれわれが同情と魅力を禁じえないのはなぜだろうか。

あきれたことに、劇の始まりにおいて、すでに忠兵衛は友人丹波屋八右衛門宛に届いた江戸からの為替金五十両を、無断で梅川の身請けの手付に使っていたのである。八右衛門から金の催促を受けてはじめてその事情を打ち明け、懇願のすえになんとか支払いを待ってもらった。次に引用するのはその時の忠兵衛の言いわけである。

何を隠《かく》さう此《こ》の金は十四日以前に上《のぼ》りしが、知っての通り梅川が田舎客、金《かね》づくめにて張り合ひかける。此方《こつち》は母、手代の目を忍んで、わづか二百目三百目のへつり銀《がね》、追ひ倒されて生きた心もせぬ所に、請け出す談合極《きはま》って手を打たぬばかりと云ふ。川が嘆き我らが一分《いちぶん》すでに心中する筈《はず》で、互《たがひ》の咽《のど》へ脇差《わきざし》のひいやりとまでしたれども、死なぬ時節《じせつ》かいろいろの邪魔ついて、其《そ》の夜は泣いて引き別れ、明くれば当月十二日、そなたへ渡る江《え》戸金《どがね》がふらりと上《のぼ》るを何かなしに、懐《ふところ》に押し込んで新町まで一散《さん》に、どう飛んだやら覚えばこそ。段々宿《だんだんやど》を頼んで、田舎客の談合《だんごう》破らせ、こっちへ根引《ねびき》の相談締《し》め、かの五十両手付《てつけ》に渡し、まんまと川を取り止《と》めしも、八右衛門と云ふ男を友達に持ちし故と、心の内では朝晩《あさばん》に北に向ひて拝《おが》むぞや。

商売の金を使い込んでおいて、友人の善意にすがる少し調子のいいところもあるが、梅川ゆえに理性を失った軽薄な行動を、こうあからさまに打ち明けられては、八右衛門も怒るに怒れない。「窮鳥、懐に入る」の譬えのごとく、親分肌の友人八右衛門は忠兵衛を許して金の催促を待ってやることにした。

こうした芝居の一般的な劇作法からすれば、ここに登場する八右衛門は忠兵衛の敵役《かたきやく》であり、たとえば本作が歌舞伎に改作された『恋飛脚大和往来《こいびきゃくやまとおうらい》』の封印切りの場における八右衛門のように悲劇の人物を悪辣に追い詰めてゆく役柄なのだが、しかしこの劇に悪役はひとりも登場しない。そこがまた良い。確かにこのあと彼が廓《くるわ》で逆上し武家の急用金三百両の封印を切る直接のきっかけを作ったのは八右衛門だった。けれども、忠兵衛が使い込んだ五十両とてそうやすやすと決着の付く問題ではなかったのである。八右衛門の金の催促を聞きつけた養母が、忠兵衛にその金をすぐ渡せとせまる。養母に言いわけはできず、金は無し。切羽詰まって五十両の小判の包みそっくりの焼物の鬢水入れ《びんみずい》でごまかそうとした。八右衛門は忠兵衛の苦衷を察してそれを受け取り、ふざけ半分で出鱈目《でたらめ》な受取証文を書く。養母は無筆《むひつ》、すなわち文字が読めなかったのである。養母をだましたこの鬢水入れが、あとで取り返しのつかない事態を招くのも、蓋《けだ》し身から出た錆《さび》というものだろう。嘘に嘘が重なって自分を追い詰めてゆく忠兵衛の言葉と行動は、いつも「前後くくらぬ間に合ひ筵《むしろ》」（当座の間に合わせに急いで織り上げた筵で、両端を止めないからすぐにほどける）だった。

親分肌の八右衛門は、人に誠意を尽くしてもの事を頼まれればいやとは言えない男だった。さらにそれだけではない。破滅に向かう友人の様子を手をこまねいて見ていることのできない性分だった。彼は彼なりの流儀で忠兵衛を救おうとする。口の悪い八右衛門は梅川の居る店で金に詰まった忠兵衛を散々にけなす。廓のほうから愛想を尽かして彼を遠ざけてもらおうと考えたのである。勿論《もちろん》、まさか忠兵衛が立ち聞きしていようとは夢にも思わなかった。廓の人々を納得させるには忠兵衛が養母の目をごまかして彼に与えたあの鬢水入れに如《し》くものはない。

八右衛門、水入れ取り上げ、「これも買はば十八文《もん》。いかに相場が安いとて五十両を二分五厘替へ。神武《じんむ》以来《このかた》ないこと。友達さへ是《これ》なれば他人を騙《かた》るは御推量《ごすゐりやう》。此《こ》の次は段々に巾着《きんちやく》切りから屋尻《やじり》切り、果ては首切り、いかにしても笑止《せうし》な。あの如《ごと》くに乱れては主親《しうおや》の勘当も、釈迦達磨《しやかだるま》の意見でも聖徳太子が直《ぢき》に教化《けうけ》なされても、いかなく直《なほ》らぬ。廓で此《こ》の沙汰ばつとして、寄せつけぬやうに頼みます。」

彼は有ること無いこと取り混ぜて忠兵衛をけなした。やりかたの是非はともあれ、友人の身を案じての計らいだった。しかし、これを立ち聞きする当人はたまったものではない。通常、人は誰しも陰《かげ》で聞く自分の良い評判には一層気を良くするものだが、反対にそれが悪口だったときには面と向かって言われる以上に身にこたえるものである。加えて、忠兵衛の腹の虫が収まらなかったのは、同輩の遊女たちの並み居る中で、惚れた男の恥を聞く梅川の恥辱を思いやってであった。遊廓は、たとい無くとも有るふりをして虚勢を張る所である。彼が逆上するのももっともなことだった。浄瑠璃の地《じ》の文では「短気は損気《そんき》の忠兵衛」とあるけれども、事ここに至ってはいかなる手段によってでも梅川と我が身の恥を雪《すす》がずには居られまい。懐中の公金三百両を取り出し、包を解こうとした。ああ、言わんこっちゃない！　八右衛門が心配したことが、あろうことか今まさにここで起ころうとしている。災難を防ごうとする努力が、じつは災難を引き起こしてしまうという、どうにもならない展開は古くからの悲劇のモチーフであった。

八右衛門は忠兵衛の手を押さえて諄々と道理を説いて叱り付けた。

こりゃ待て、やい忠兵衛。よっぽどのたはけを尽くせ。其《そ》の心を知ったる故《ゆゑ》、異見《いけん》をしても聞くまじと、廓《くるわ》の衆を頼んでこちから避《よ》けてもらうたらば、根性《こんじやう》も取り直し、人間にもならうかと、男づくの念比《ねんごろ》だけ。五十両が惜しければ母御《ははご》の前で言ふわいやい。てんがうな手形《てがた》を書き、無筆《むひつ》の母御をなだめしが、是《これ》でも八右衛門が届かぬか。その金嵩《かねがさ》も三百両、手金《てがね》の有らうやうもなし。定めてどこぞの仕切金《しきりがね》。其《そ》の金に疵《きず》を付け、八右衛門したやうに鬢水《びんみづ》入れでは済むまいぞ。但《ただ》し代はりに首やるか。上《のぼ》りつめる其の手間《てま》で、届ける所へ届けてしまへ。エヽ性根《しやうね》の据《すわ》らぬ気違者《きちがひもの》。

しかしもう何と言われようと忠兵衛の耳には入らない。とうとう武家の屋敷へ届ける小判三百両の封印を切り、五十両の借金を八右衛門の顔めがけて投げ付け、残りの金で身請けした梅川を連れて駆け落ちした。しかし勿論、ふたりの行くあてなどない。

この事件を起こした忠兵衛は農民の子である。その彼が養子に行った先は、何につけても金が物を言う商業都市大坂の、あまつさえ金の流通そのものを商売にする飛脚屋であった。皮肉にも彼は「冥途の飛脚」となって生まれ故郷新口村へ逃げ帰る。彼が運んできたものは公金横領の罪であった。都市の貨幣経済の中では遊女との付き合いも、「金の切れ目が縁の切れ目」と割り切るのがルールである。このルールを破って遊女との縁を切れなかった養子忠兵衛には亀屋の敷居も高かった。故郷の母も継母。彼に安らぎの場はなかった。

追われる身となった忠兵衛は、せめて「故郷の土に身をなして、生みの母の墓所、一所に埋《うづ》まれ、嫁姑《よめしうとめ》の未来の対面させたい」と願う。商業都市の生活圏に居場所を持つことができなかった彼が、このように「土」への回帰を願うのは、彼があくまでも農民の子であったからだろう。

さらにまた梅川との強い結び付きは、都市にも住めず、さりとて田舎にも戻れなかった彼の唯一の心の慰めがそこにあったからだと思われる。梅川にも、深く自分を思うこの男と心中する覚悟ができていた。遊女はもとより居場所を持たない流れの身である。思う男と恋に殉じることができたのは、たぶん自己犠牲を宿命づけられた彼女の人生からきているだろう。梅川の里は京の六条だった。家には、めまい持ちの病弱な母がいる。当然彼女もまた家庭の何らかの経済的不如意《ふにょい》から身売りした女であった。しかも下級の遊女である。元来「人をたらすは遊女の商売」と言われたことからすれば、梅川は現実にはまれな遊女だったかも知れないが、置かれた境涯から考えれば彼女の行動は決して理解できないことではない。

大坂を駆け落ちしたふたりを作者は「夫婦」と呼ぶ。犯罪者として追われる道中ではあったが、駆け落ちすることでふたりは初めて夫婦になったのである。「生きらるゝだけ此《こ》の世で添《そ》はう」――そう決心して彼らは逃げた。ほんの束の間ではあるが、人生でもっとも幸せな時間でもあったろう。

実父、養母、友人、店の手代等々、忠兵衛にとって皆善意の人々であったが、自らの浮薄な行動によって彼は身の破滅を招いた。しかし最後にはそれを充分承知した上で死んでいった。ただひとつ、老父の嘆きだけが彼には見るに忍びなかった。捕らえられた忠兵衛は、大声で「身に罪あれば覚悟の上、殺さるるは是非もなし。御回向《ごゑかう》頼み奉る」と言い、かさねて「親の嘆きが目にかかり、未来の障《さはり》これ一つ。面《つら》を包んで下され。お情けなり」と泣きながら捕り手の役人に訴えた。

悲劇の人物が結果的にその行動を納得して死んでいったかのように構成するのは、死者追善という日本の劇の性格から来ているのだが、それにしても社会の底辺に生きる女性との精神的な連帯のために自らの一命を抛《なげう》って悔いぬ忠兵衛の姿は、人間にとって何が大事かを教えているようだ。

＊『冥途の飛脚』の引用は次の図書によった。ただし、読み易さを考えて多少表記の改変を行なった。

日本古典文学大系49『近松浄瑠璃集』上（重友毅校注、岩波書店、一九五八）

第12章　子別れの物語

――悲劇の中の子供たち――

次に母子の物語をとり挙げてみよう。母と子の関係は父と子の関係とはまた違った性格がある。生みの母との関係は幼少期ほど強い。本来庇護されるべきその幼少期に母と別れなければならないという「子別れ」をテーマとする物語が日本では古くから多く語られてきた。よく知られた「巡礼おつる」や「葛の葉子別れ」は民衆の涙を絞ってきた話である。そのうち「葛の葉子別れ」はもともと狐と人間の異類婚の物語であり、古くは出生した子が持つ人並み優れた能力の由来を語るものであったが、次第に「子別れ」の悲劇が物語の中心になっていった。

ゆえあって母が子と別れなければならない……。古くから日本人に好まれてきた物語のなかには、そんな「子別れ」の物語が多くある。

現代では考えられないことだが、江戸時代までは親の経済的な困窮から人身売買が普通に行なわれたし、またそれどころか乳幼児の段階での捨て子も多かった。松尾芭蕉の『野ざらし紀行』には、富士川の河原で泣く捨て子を詠んだ発句がある。

猿を聞く人《ひと》 捨て子に秋の風いかに

猿の鳴き声にしみじみと心を動かされたという昔の詩人は、秋風の中の捨て子の泣き声をどう思って聞くだろう、そんな意味の句である。捨て子もさることながら、子どもの死亡率は今よりもはるかに高かったし、当然そのような時代には我が子と別れなければならなかった母親たちが多くいた。子別れの物語が生まれた素地はそこにあったと言うべきだろう。

「葛の葉」と「巡礼おつる」の物語――この二つは近代に至るまでもっとも民衆に親しまれ続けてきた子別れの物語である。このことは「葛の葉狐」の名や、「とと様の名は阿波の十郎兵衛、かか様はお弓と申します」といった文句が人口に膾炙していたことからも知れよう。都市の人々は芝居によって、また田舎の人々は訪れて来る芸能民の唄や語り物によって、ほとんど全国津々浦々にこれらの物語が流布していた。

このうち「葛の葉」は、女に化けた白狐が人間の子を生み置いて信太《しのだ》の森へ帰って行ったという話であり、しばしば民話に語られる動物婚姻譚《たん》のひとつである。「葛の葉」の物語の母は狐であるが、否むしろ狐であるがゆえに、人間よりもいっそう純真であった。しかしまた、たとい人の子の母となっても人間界に交わり続けることができないという身の上は、世間から疎外された弱者の姿にも重なるだろう。そのような母の、子を思う心が聴く人々の胸を打ってきた。そんな物語である。

しかも、物語を聴く者たちの感動もさることながら、これを語る者、歌う者の側にもまた特別な思い入れがあった。ここに思い合わされるのは、瞽女《ごぜ》という盲目の女性芸能民たちのことである。彼女らが所望されて歌った物語の中にも子別れの話は多かったし、それらは人気の演目であった。右の二話のほかにも父親との子別れを含めれば、石童丸《いしどうまる》、俊徳丸《しゅんとくまる》、明石御前《あかしごぜん》、佐倉宗五郎《さくらそうごろう》など皆子別れの話に他ならない。明治生まれの最後の越後瞽女小林ハルは二〇世紀の末までそれらの物語を歌い続けてきた。親方の理不尽できびしい処遇にも決して弱音を吐かず、黙々と瞽女の修業を続けたハルさん。彼女にそのようなきびしい修業を続けさせたのは、母親の教えだったという。ハルさんはいつも「だって母親の教えだもの」と口癖のように言っていた。不運にも盲目となった幼い娘が一人で生きて行けるようにと、母は縫い針の使い方を始めさまざまな生活の技を厳しく仕込んだ。歌をうたって生活の資を得る瞽女稼業に進ませたのもその一つだったが、その母は彼女が十一歳のときに亡くなった。そのような不運に見舞われなくとも瞽女に出された盲目の娘たちは、生みの親の膝元を離れて親方や仲間とともに各地の村々を旅回りしなければならなかったのである。考えてみれば、彼女たちが歌った「巡礼おつる」の物語そのものが、家郷を出て親を尋ね歩く幼い娘の話であり、瞽女たちの境遇と通い合うものがあった。歌い手の体験もまた子別れの物語を支持していたのではなかっただろうか。

もっとも、実際に子別れを歌う瞽女たちは、決して物語に感情移入することはない。その声は哀調を帯びてはいるが、文句も節も定型の繰り返しによってただ淡々と歌ってゆく。瞽女たちにとって子別れの物語は自己の不幸を代弁するものではなく、自立を支える母の愛情を確かめるものになっていた。

江戸時代の浄瑠璃《じようるり》芸談に弟子と師匠の次のような会話がのっている。

我、年二十五歳の時、ある夜、狐の子別れの段を語れと申されしゆへ、我うれしく語りければ、「フウ」とばかりにて何ともかとも申されぬゆへ、我もふしぎに思ひ、「何ゆへまた此子《この》わかれを御語らせなされ候や」と問しかば、「さればとよ。貴様、去年惣領《そうりやう》娘《むすめ》をもふけられしに、そのうへ当春京都東山高台寺開帳へ愚妻まいりし時に、貴様同道せられしが、伏見街道にて雨にあひ、しばらく休み居らるる折から、歌うたふて物もらふ子比丘尼《こびくに》、雨にそぼぬれて行くを見て、貴様申されしには、『去年娘をもふけしが、若《もし》みなし子とならば、あのごとくに迷ふらん』と言ひながら、涙をこぼし申されしよし、愚妻が話にて聞きたるゆへ、親子の情うつるべしと思ひ、子わかれの段を望みし所に、おもしろく聞へて気の毒」と申されしより、人情第一の事をはじめて口伝《くでん》を受くる。

（順四軒編『音曲口伝書』）

＊文中の「貴様」は弟子の順四軒のこと。「子比丘尼」は、尼僧風の姿で歌念仏や和讃、さらには流行歌《はやりうた》をうたいながら金品を乞うた江戸時代の下層芸能民の子ども。「おもしろく聞へて気の毒」とは、悲しい話がかえっておもしろく聞こえて、どうしていいやら困ったものだ、といった師匠の皮肉。

明和八年（一七七一）、順四軒《じゅんしけん》という人によって書かれた竹本播磨少掾《たけもとはりまのしょうじょう》の口伝聞書きである。順四軒（一七一九〜一七八五）は、素人浄瑠璃太夫の名人と言われた語り手で、竹本播磨少掾の弟子であった。師の播磨少掾は、竹本義太夫の高弟で二代目義太夫を名乗ったが、初代義太夫の野太い声に比べて生まれつき声が小さかったので、それなりの工夫をして独自の芸風を立てた太夫であった。「人情第一」の口伝とはそうした芸風をいうのであり、具体的には「一《ひと》雫《しずく》づつ涙をぬぐひては名残をいふ心」（同書）で語るべしというのがその語り口であった。ただ淡々と歌ってゆく瞽女たちの歌に比べると、よほど感情的な語り口であるが、そこを嫌味なく語るのが名人の名人たる所以《ゆえん》であろう。引用文中、「狐の子別れの段」とは「葛の葉子別れ」のことで、享保十九年（一七三四）に初演された『芦屋道満大内鑑《あしやどうまんおおうちかがみ》』（元祖竹田出雲作）の四段目である。播磨少掾はこの年、二代目義太夫を襲名してこれを語った。順四軒が二十五歳のときといえば延享元年（一七四四）のことだから、十年ほど前のことである。

播磨少掾が語ったこの段はこれ以降「葛の葉子別れ」の文句の決定版となってゆくのだが、それがもとづいた話はさらに江戸時代の始めまで遡り、母狐が遺《のこ》していったという次のような一首の和歌を伴って伝承されてきた。

恋しくは尋ね来て見よ和泉《いづみ》なるしのだの森のうらみ葛《くず》の葉

また、この歌の典拠となっているのは『古今和歌集』雑・下、よみ人知らずの伝承歌、

我が庵《いほ》は三輪《みわ》の山もと恋しくはとぶらひ来ませ杉立てる門《かど》

である。伝説にこのような和歌を入れたのは知識ある者のしわざであったろうが、狐であれ蛇であれ、恩返しに人間界にやってきて子を残して去って行く異類婚姻の民話はいっそう古くから人々に愛されてきた。子別れする母を動物として設定する浄瑠璃作者の工夫もこのような背景にもとづいている。

そして右の芸談から知り得ることは、当時の人々にとって子別れが誰にでも起こり得る現実の問題だったということである。右の芸談中にある幼気《いたいけ》な小娘の姿は、瞽女の姿に重ねることもできるし、また巡礼おつるの姿に重ねることもできよう。おつるの物語はまた『傾城《けいせい》阿波《あわ》の鳴門《なると》』（近松半二等合作）と題して、『音曲口伝書』が書かれる三年前（明和五年）に、人形浄瑠璃として初演されている。右の芸談は、現実においても親を離れて旅する多くの「巡礼おつる」たちがいたことを思わせる。ただし、「親は子といふて尋ねもするが親を尋ねる子は稀《まれ》な」（明和九年刊『山家鳥虫歌』但馬の歌）といった歌謡があるように、親を尋ねる物語のおつるはもちろん例外である。しかし、旅に流離《さすら》うことがなくとも親の不在というむなしさを心に宿して人生をわたる子どもたちは多くいた。おつるは、例外と言うより、そうした子どもたちの具象化された典型であったと言えるだろう。

街道を雨に濡れながら行く「子比丘尼《こびくに》」の姿はそれだけで哀れである。その子がもし孤児《みなしご》ならば親と邂逅《かいこう》することはないだろう。それに比べれば、おつるの旅は、生き別れた両親を尋ねる旅だったから一縷《いちる》の希望があったとも言える。しかし、ようやく巡り合えた母は、ゆえあって名乗らなかった。親の難儀に子を巻き込むことをおそれたからである。浄瑠璃の再会の場面では、目の前に現われた見慣れない巡礼の娘を、次第に我が子と認知して行く母の気持が、邂逅の嬉しさと、すなおに名乗れない苦痛とに揺れながら語られる。娘は、逡巡《しゅんじゅん》するその様子によって実の母だと直感した。まだ十歳にも満たない小娘である。別れたのは三歳のとき。再会したはずの母と子は、再び引き裂かれるように別れなければならなかった。その悲運を語るのが「巡礼おつる」の物語である。その後、浄瑠璃では母と別れたおつるが実の父に殺されるという後段の陰惨な事件につながってゆく。我が子と知らず所持金を奪おうとした父が、過ってその子を殺してしまう悲劇である。親の事情が罪のない子どもたちを不幸におとしいれることはどの話も変わらない。苦難の旅を続けてようやく巡り合えた末、母には名乗ってもらえず、父には殺されるという、この悲惨な物語に多くの人々が涙してきた。そしてまた、このような話を通して人々は他人ごとではない自分たち親子の愛情を確かめ合ったに違いない。

それにしても、おつるの死は余りにも悲惨過ぎる。瞽女唄などでは、最後に観世音菩薩の身代わりによって生き返ったおつるが、両親と再会してめでたく帰郷するように語り納めている。死んだはずの娘が地蔵菩薩の身代わりによって再びもとの姿で現われる話は、すでに近松門左衛門作の歌舞伎『傾城《けいせい》壬生大念仏《みぶのだいねんぶつ》』（元禄十五年初演）にもある。神仏の古い霊験譚《れいげんたん》によったものと言えばそれまでだが、物語のこのような改変もまた聴く者の涙から出たものに違いない。

＊『音曲口伝書』の引用は次の図書によった。ただし、読み易さを考えて多少表記の改変を行なった。

日本思想大系61『近世藝道論』（郡司正勝校注、岩波書店、一九七二）

第13章　狐妖譚

人間の姿になって人と交わる狐の話には、古い時代の動物と人間との交流を語る異類婚姻の神話のおもかげがある。後の時代でも狐は稲荷神の使いとして尊崇されてきた。昔話や物語では人間の理性を狂わせる妖怪変化として登場することも多いが、しかしまた葛の葉のように人間以上の純真な心を持った動物としても語られてきた。

ほら狐火が出たよ、と言って従姉妹たちが闇の向こうの山を指さした。一つ、二つ、三つと連なって山の稜線をちらちらと灯火を点した行列が進んで行く。そんな光景を幼いころ私は見たような気がする。はるか遠い薄れかけた記憶の中の狐火、あれは昔話にいう狐の嫁入りだったのだろうか。著者の個人的な体験に限らず、狐をめぐる数々の幻想がふるくから日本の各地で語られ続けてきた。

狐火《きつねび》の燃えつくばかり枯尾花《かれをばな》

とは与謝蕪村の句である。狐には、なぜか薄《すすき》の穂が揺れる秋の野がふさわしい。陽《ひ》が落ちるころ、野山の狐たちはいっせいに活動を始める。夕暮れどき、それはさまざまな妖怪が現われる時刻でもあった。狐もまた変化《へんげ》のものであった。

鈴木鼓村《こそん》の随筆にこんな文章がある。

まだ幼稚《おさ》なかつた折《をり》、母が膝の上に一日《いちにち》駈け廻つた郊外《の》の戯嬉《あそび》を偲《しの》んで、疲労《つか》れた身は何《い》時《つ》か現々《うつうつ》となる時、山村《さんそん》の精舎《しやうしや》から撞《つ》き出される入相《いりあひ》の梵鐘《かね》の音《ね》が何時《いつ》でもその音響《ひゞき》の赤色《あか》かつたことを記憶《おぼ》えて居る。その鳴り渡る音《おと》が、白昼《ひる》のうちに蜻蛉《とんぼ》を追ひ廻はした広い〱野に、パツと映《は》えた夕栄《ゆふばえ》に響き入つては、暮煙靉靆《ぼえんたなび》く離落《りらく》の村《むら》舎や杜《もり》に、紫と褪《あ》せ青《あを》と薄れて、末《すゑ》は遠野《とほの》の枯尾花《かれをばな》の漸《やうや》く暗うなりゆく辺《あたり》に長い〱尾を引いては、軈《やが》て暮か〻る鈍色被衣《にびいろかつぎ》、夜《よ》の手の黒い袖に覆《おほ》はれて消えて行つたのが、今にこの記憶から分離《はな》れないのである。

（『耳の趣味』所収「色彩と音響」）

音にも色があるという発想がおもしろい。夕暮れどきの色彩の移ろいを梵鐘の余韻に重ねて述べた美文である。枯尾花が揺れる野に、入相の鐘の音が尾を引いて流れ、夕焼けの赤い色が、紫から青へと次第に色を失い、薄明の空はしばし群青の色を残して夕闇の中へと消えてゆく。遊び惚《ほう》けていた子どもたちもそのころは家人にしかられて急いで家に入った。これは、中村雨紅作詞の小学唱歌「夕焼け小焼け」に代表される日本人の原風景だった。

夕焼け小焼けで日が暮れて　山のお寺の鐘がなる
お手々つないでみな帰ろう　からすといっしょに帰りましょう

（草川信作曲、大正十二年発表）

子どもたちは手をつないで家路につく。手をつなぐのは、みんな仲よしの友だちだから、と誰しも思っていた。しかし夕暮れどきが魑魅魍魎《ちみもうりよう》の活動する時刻であり、子どもたちが神隠しに遇うのもそのころだったからである（笹本正治著『中世の音・近世の音―鐘の音の結ぶ世界―』一九九〇）。そのために年上の子といっしょにみんなしっかり手をつないで離してはいけなかったのである。狐の変化《へんげ》が出るのも、その夕暮れどきであった。

時代を遡って『今昔物語集』から夕暮れどきの狐の話を引用してみよう。

今は昔、仁和寺《にんなじ》の東《ひむがし》に高陽川《かうやがは》と云ふ川有り。其の川の辺《ほとり》に夕暮方《がた》に成れば、若き女《め》の童《わらは》の見目穢《きたな》げなき立てりけるに、馬に乗りて京の方《かた》へ過ぐる人有れば、其《そ》の女の童、「其《そこ》の馬の尻に乗りて京へ罷《まか》らむ」と云《い》ひければ、馬に乗りたる人、「乗れ」と云ひて乗せたりけるに、四五町許《ばかり》馬の尻に乗りて行きけるが、俄《には》かに馬より踊り落ちて逃《に》げて行きけるを追ひければ、狐に成りてこう〳〵と鳴きて走り去りにけり。

（巻二七「高陽川の狐、女に変じて馬の尻に乗れる語《こと》」）

可愛い女の子に化けてこんなたわいない悪戯をする狐の話もあったが、出没するのはそれもやはり決まって夕暮れどきだったという。鈴木鼓村の生家は宮城県の亘理郡《わたりぐん》だったから、彼が幼少のころ駆け回った野にも狐たちはきっといたに違いない。子どもたちが帰った後の野山には、一面霜のように月光が降りそそぐ夜もある。しかしそれでも夜の木蔭《こかげ》は暗く、地上は獣たちが跳梁《ちょうりょう》する漆黒の闇《やみ》に閉ざされるのだ。

だが、今はもう狐が人家の近くから姿を消して久しい。開発と電灯の光が、はるか彼方《かなた》の闇へと彼らを追いやったのである。もう安心、と人は思うだろうか。しかしそれはまた、われわれの生活がいかに自然から遠ざかってしまったかということにもほかならない。

狐は昔から人を化かすものと信じられてきた。狐につままれるという。馬糞の饅頭《まんじゅう》や肥溜《こえだ》めの風呂をご馳走になったという何ともひどい話は江戸時代からのおなじみである。しかしそれらは、深刻な事件というよりはむしろ必ずしも信を置くに足りない笑い話として語られてきた。人間の愚かな行動が、狐の持つ霊的能力に対する多少の畏《おそ》れを加味しながら、笑いの対象とされたのである。人々にとってそれは、単調で味気ない日々の暮らしのなかの刺激の効いた薬味《やくみ》のようなものだった。

狐はもともと野生動物である。野生動物にはそれぞれ固有の生活圏があり、自然の中では互いに棲み分けているのだという。ところが狐は狸と同様に人間の生活圏に深く入り込むことが多かった。人家の庭に出没したり、縁の下に子を産むことさえあった。とりわけ狐は鶏を狙ってしばしば人家に近付いた。彼らは人間にとって、もっとも身近な野生動物だったのである。

そこに人との接触が頻繁に生じる。

狐だけでなく狸もまた人を化かす。しかし、文福茶釜《ぶんぶくちゃがま》、証誠寺《しょうじょうじ》の狸ばやし、あるいは狸の腹鼓《はらつづみ》、狸寝入り、そして信楽焼の徳利を下げた酒買い姿など、どれをとっても狸にはどこか滑稽でとぼけたイメージが付きまとう。さらにまた夜の人家に飛礫《つぶて》を打ったり、巨大な坊主に化けて人をおどす狸の末路は、所詮《しょせん》、人に退治されて狸汁になるぐらいのものだった。これに比べると、狐には美女に化けて男をたぶらかす話が昔から多く、それは色恋の情念と絡んできわめて人間臭いものとなる。狸はいわば人間の食欲の対象となり、肉そのものはまずいという狐は人間の愛欲の対象となっているとも言えるだろう。

男を色香によって愛欲の深みに溺れさせる多情な女を淫婦《いんぷ》という。晋の時代に書かれた中国の怪異小説『捜神記《そうしんき》』（巻十八）には、そもそも狐とは、昔、阿紫《あし》という淫婦が化したものだとある。また千歳を経た狐はよく美女に化けることができるともいう。かの九尾《きゅうび》の狐の伝説はこのような観念から生まれた。殷《いん》の紂王《ちゅうおう》を惑わした傾国の美女妲己《だっき》が、殺されると九尾の狐となって正体を顕わしたという伝説は、すでに「千字文《せんじもん》」の古い注釈である六世紀後半の李《り》暹《せん》注にあり、また大江匡房《まさふさ》の「狐媚記《こびき》」にも引かれているから平安時代の日本でもよく知られていた。その後この伝説は玉藻前《たまものまえ》伝説となって日本で大きく成長する。九尾の狐が天竺《てんじく》から中国へ渡り、妲己となって紂王を惑わし、さらに日本に渡って鳥羽院の寵妃《ちょうき》となり、天皇に取り憑《つ》いて陰陽師に正体を見顕わされ、奥州の那須野《なすの》に逃げて、ようやくそこで退治されたという能「殺生石《せっしょうせき》」であまねく知れ渡った悪狐伝説である。男をたぶらかす狐の最たるものだったと言えよう。しかし古代中国では、九尾の狐が為政者にとっては瑞獣《ずいじゅう》とも考えられていた。玉藻前伝説は、おそらく中国の民間に生じた九尾の狐の小さな異伝が日本に入って大きく成長したものに相違ない。

古来、中国における巷間《こうかん》の小説類には狐の話が多かった。それも総じて妖狐《ようこ》であり淫婦であるのだが、時としてはまた節婦として称えられ、人を富ませる福の神でもあった。清朝初期の小説『聊斎志異《りょうさいしい》』には、飲み友だちとなって意気投合した狐のお蔭で金に不自由しなかったという愉快な話もある。また、唐代の伝奇小説『任氏伝《じんしでん》』に描かれた狐は、自分を愛してくれた男のために操《みさお》を守って死んだ。人は狐が化かすと言う。だが狐を淫婦に化けさせたのは、ほかならぬ人間の情欲であったのだ。

日本にもこんな話がある。ふたたび『今昔物語集』を引用しよう。

今は昔、年若くして形《かたち》美麗なる男有りけり。誰人《たれひと》と知らず、侍《さぶらひ》の程の者なるべし。其《そ》の男、何《いづ》れの所より来りけるにか有りけむ、二条朱雀を行くに、朱雀門の前を渡る間、年十七八歳許《ばかり》有る女の、形端正《かたちたんじやう》にして姿美麗《びれい》なる、微妙《みめう》の衣を重ね着たる、大路《おほぢ》に立てり。此《こ》の男、此の女を見て、過ぎ難《がた》く思ひて、寄りて近付き触《ふ》ればふ。門の内に人離れたる所に女を呼び寄せて、二人居《ゐ》て万《よろ》づに語らひ云《い》ふ。男、女に云はく、「然《しか》るべくて、かく来たり会へり。同じ心に思ふべきなり。君、我が云はむ事に随《したが》へ。此れ、懃《ねむご》ろに思ふ事なり」と。女の云はく、「此れ、辞《いな》ぶべき事に非《あら》ず。云《い》はむ事に随《したが》ふべしと云へども、我れ若《も》し君の云はむ事に随ひては、命を失はむ事、疑ひ無きなり」と。男、何事を云ふとも心得ずして、「ただ辞《いな》ぶ言《こと》なり」と思ひて、強《あなが》ちに此の女と懐抱せむとす。女泣く泣く云はく、「君は、世の中に有りて、家、妻子を具《ぐ》せらむに、ただ行きずりの事にてこそ有れ。我れは、君に代はりて、戯《たはぶ》れに永《なが》く命を失はむ事の悲しきなり」。

此《かく》の如《ごと》く諍《あらが》ふと云へども、女、遂《つひ》に男の云ふに随ひぬ。

（巻一四「野干の死にたるを救はむが為に法花を写せる人の語」）

こうして男は日が暮れたころ近くの小屋を借りて女と宿った。翌朝、女は別れぎわに、あなたと情交を結んだ私は必ず死ぬであろう、私の供養《くよう》のためにぜひ法華経《ほけきよう》を書写してほしいと頼んだ。男は、女の言うことを信じなかったが、もしそうなったらお前の願いはきっとかなえてやろうと誓った。女は、自分は間もなく武徳殿の辺りに死んでいるだろう、と言い残して泣く泣く別れていった。武徳殿とは平安京の大内裏中の西、右近衛府・右兵衛府のそばにある建物で、侍であった右の男にふさわしい場所である。その後、男が念のためと思い、半信半疑でそこへ出かけてみると、建物の中に若い狐が扇を顔に当てて死んでいた。その扇は、女が別れる時に、証拠の為にと言って男からもらったものだったという。男はそのとき初めて夜前の女が狐であったことを知り、哀れとも、また奇異なこととも思いながら我が家へ帰り、望み通り法華経を書写して狐をとむらったという話である。その末尾を、法華経の功徳《くどく》によって狐は死後忉利天《とうりてん》（仏教の天界の一つ）に生まれることができたと結んでいるのは、これが仏教説話だからである。

狐は行きずりの男に身をまかせて死んだ。男は「侍の程の者」とあるから、この話の品行にふさわしい程度の、身分の軽い者であった。狐の化身は美しい女となって朱雀門の前に佇んでいた。時刻は語られていないが、これも夕暮れどきでなければならない。男は美男だったとあるから、狐に魅入《みい》られたのかも知れない。しかし、狐が何をしたというのか。ただその性《さが》によって美女の姿となって現われたに過ぎない。この男が妻子ある身で強引に誘ったのである。狐は、男の愛欲の犠牲となって死んだ。なんとなく悪狐伝説の裏返しのような話だが、男が狐との約束を守って法華経を書写し、その死を弔ったことが、この悲しい話にとってせめてもの救いになっている。

妖狐として忌避された反面、人間が失いがちな純真な心を持った動物としても狐は語られてきたのである。『今昔物語集』の中にも「ものの恩を知り虚言《そらこと》を為ぬなりけり」と狐を評した言葉がある。第12章の「子別れの物語」で述べた葛の葉の話も、悲しくも優しい狐の物語であった。狐の恩返しの話もまた多くある。

＊『今昔物語集』の引用は次の図書によった。ただし、カタカナ表記を平仮名にし、漢文的表記を書きくだすなど読み易さを考えて多少表記の改変を行なった。

日本古典文学大系24・25『今昔物語集』三、四（山田孝雄他校注、岩波書店、一九六一～六二）

第14章　首の話

第10章の「信義と友愛」の物語における二人の男のような関係を「刎頸《ふんけい》の交わり」ともいう。刎頸とは首を切ることであり、ともに首を切られても悔いのない関係、つまり生死を共にする友情をいう。首は身体の中で特別な部位であった。次に首をめぐる話をとり挙げてみよう。

たとえば、長引く不況で数百人の社員が首切りにあったなど、首狩りの習俗を持つ地域の民族が聞いてもぞっとするような慣用句が日本語では今でも日常的に使われている。首にされてはたまらない。明日からの暮らしに困る。まさに死活問題だ。

古来、首は経験的に生き物の命を絶つ効果的な部位と見られていたのだろうが、しかしそれだけのことではなかったようだ。切り離される頭部を考えても見よ。五体の内で、眼に物を見、耳に音を聞き、鼻に香を嗅ぎ、舌に味わい、と五感が集中するところであり、そのうえものを言う口を持ち、表情を表わす顔面を持つもっとも神秘的な部分である。その頭部を含めて「首」と言い慣わしてきたのだが、古くからその首には特別な意味があった。

歴史を遡れば、実際に首を斬った武士の時代があったのである。軍記物語の合戦場面にはしばしば敵兵の首を捕る話が出てくる。とりわけ敵将の首は最大の戦利品だった。敵の首はただ斬り捕るばかりか、「兵ども二十余人が頸《くび》きりかけて、いくさ神にまつり、悦びの鬨《とき》をつくり、『門出よし』とぞのたまひける」（『平家物語』）などと軍神《いくさがみ》に献げて戦勝祈願することまで行なわれた。

関ヶ原の戦いに、石田三成方の城だった岐阜の大垣城で籠城したときの様子を、女性の眼でとらえた「おあむ物語」によれば、捕った敵兵の首を天守閣に集めて、それぞれに札《ふだ》を付けて並べ、白い歯には夜になると女たちにお歯黒《はぐろ》を付けさせたという。その本文には口語的表現で次のようにある。

それはなぜなりや。昔は、おはぐろ首は能《よ》き人とて賞翫した。夫故《それゆゑ》、白歯の首にはおはぐろ付て給はれと頼まれておじやつたが、後《のち》は首もこわい物ではおりない。其首共《そのくびども》の血くさい中に寝た事でおじやつた。

合戦中に首を捕るだけでなく生け捕りにされた者に対してもしばしば斬首の刑が行なわれた。斬首は古代からの刑罰で、やはり胴体と頭部を切り離すことに意味があったらしい。おそらくそうすることでのみ完全な死が与えられると信じたのであろう。殊に怨みを含んで死んだ死者の復活は勝者にとって恐怖の対象だったからである。源頼光《みなもとのらいこう》と四天王《してんのう》らによって退治された丹波の大江山に棲む伝説の鬼、酒呑童子《しゅてんどうじ》は、妖怪だったがゆえに、その首は斬られても舞い上がり、頼光を噛み殺さんとその兜に喰い付いた、と中世の御伽草子《おとぎぞうし》は語る。胴体から切り離されてもなおかつ生き続ける生首《なまくび》の幻想は恐怖の極みであろう。

平将門《たいらのまさかど》の首をめぐる話もそうだった。将門は、平安時代の中期、東国でみずから新皇と称して即位し、都の天皇や貴族たちを震撼させた実在の人物である。『将門記』によれば、将門謀反の報せが都に伝わるや、朝廷では神仏への降魔調伏の祈りがさまざまに行なわれたという。鉄の身体を持つとか、まったく同じ行動をする六人の影武者を持つと伝えられた彼は、恐ろしい妖魔のごとく思われたのである。しかし遂には下総国の猿島《さしま》で平貞盛《さだもり》と藤原秀郷《ひでさと》らに討たれ、その首は都に運ばれて獄門《ごくもん》に梟《か》けられた。だが、都の貴族にとっては恐ろしい妖魔であり、逆にまた東国の民衆にとっては英雄ですらあった将門の存在は、それだけで消滅するにはあまりにも大きすぎたのである。全国に数多く残る将門伝説がそのことを物語っている。

東京の神田明神もその一つで、大手町の旧社地には都から飛び帰った将門の首を祀《まつ》る首塚が今もある。彼の首をめぐっては、かなり早くからさまざまな怪異伝説が生まれていた。たとえば、獄門に梟けられたその首は三月《みつき》も色が変わらなかったとも、また藤六左近という数奇者《すきもの》の滑稽な狂歌《きようか》を聞いて「しい」と笑ったともいわれる。これらは『平治物語』に語られる笑う首の怪異であるが、さらに『太平記』の流布本《るふぼん》になるとこの話には次のような凄まじい怨念のことばが付け加えられる。

其首《そのくび》獄門に懸《かけ》て曝《さら》すに、三月まで色変ぜず、眼《まなこ》をも塞《ふさ》がず、常に牙《きば》を嚙《かみ》て、「斬られし我《わが》五体何《いづ》れの処《ところ》にか有らん。此《ここ》に来《きた》れ。頭続《くびつい》で今一軍《ひといくさ》せん」と夜な夜な呼《よば》はりける間、聞

く人是《これ》を恐れずと云《い》ふ事なし。時に、道過《すぐ》る人是《これ》を聞て、

将門《まさかど》は米《こめ》かみよりぞ斬られける俵藤太《たはらとうた》が謀《はかりこと》にて

と詠みたりければ、此頭《このくび》からからと笑ひけるが、眼忽《たちまち》に塞《ふさが》つて、其尸《そのかばね》遂《つひ》に枯《かれ》にけり。

（太平記・巻第一六「日本朝敵事」）

ちなみに全身鉄の将門にはただ一箇所急所があったという。耳の辺りの「こめかみ」がそれで、右の狂歌は俵藤太と称された藤原秀郷にその急所を射られて死んだとの伝説をふまえた洒《しゃ》落《れ》である。

中国古代の伝説的人物眉間尺《みけんじゃく》は、父の敵《かたき》楚王に己が首を斬って献上し、死んだと思わせて、口に含んだ剣の鋒《きっさき》を楚王の首めがけて吹きかけ、遂にその命を奪ったと伝える。また春秋時代の伍子胥《ごししょ》は、呉王夫差《ふさ》を諫《いさ》めて首を刎《は》ねられ、東門にさらされたが、その首は三年生きながらえ呉王の滅亡を見て笑ったという。将門の首の話はその辺りに由来しているようだが、底流には東国に都を築いて朝廷を覆《くつがえ》そうとした彼に対する貴族たちの恐怖の余韻が響いている。

前掲の『平治物語』が将門の笑う首の怪異をしるすのは、平治の乱に敗れて獄門に梟けられた源義朝《よしとも》を語る部分である。人々は義朝の首を見て、これもまた笑うであろうかと噂《うわさ》し合っ

たとある。義朝の首は笑うことはなかったが、しかし『平家物語』では、髑髏《されこうべ》となった後、高雄の文覚《もんがく》という怪僧に拾われて、その子頼朝《よりとも》と対面し、頼朝を動かして平家追討の旗を揚げさせたという。文覚は高雄の神護寺を再興したことで知られる高僧だが、『平家物語』に語られるその行動は奇怪でかつ傍若無人だった。彼が十余年も頸に懸《か》け、山々寺々を拝み廻ったという義朝の首も、誰のものか知れたものではない。しかしその胡散臭《うさんくさ》さのなかに、古代社会の秩序をぶち壊し、新時代を切り開いていった多くの無名の人々のエネルギーが籠められている。

じつはこの文覚、頸に懸けて持ち歩いたと伝えられるものが義朝の髑髏のほかにもう一つあった。それはなんと、恋しい女の絵姿だという。これは、『平家物語』の読本系増補版『源平盛衰記』に語られる文覚の逸話であり、一般にはむしろ「鳥羽の恋塚《こいづか》」として知られている。京都の南、下鳥羽《しもとば》には、今も文覚上人の開基と伝える恋塚寺という小寺があって、その寺の境内には恋人の首を葬った「恋塚」と呼ばれる首塚がある。文覚が慕ったその人の名は袈裟御前《けさごぜん》。僧が頸に懸けるにはふさわしい名（袈裟）である。だが、その人は図らずも我が手に掛けて首を斬り落とした恋しい女性であった。文覚は俗姓を遠藤盛遠《えんどうもりとお》といい、もと北面の武士だったが、十九歳のときこの事件を機縁に発心したと伝える。

これもじつは中国文学に典拠を持つ話であるが、『源平盛衰記』が長々と語るこの物語を要領よくまとめた長唄の歌詞があるので、次にそれを引用してみよう。明治三十六年、四世吉住《よしずみ》小三郎《こさぶろう》の作曲で発表された「鳥羽の恋塚」で、作詞は半井桃水《なからいとうすい》である。

さるほどに、遠藤武者盛遠《むしやもりとお》は、春も弥生《やよひ》の初めつかた、霞がくれの花よりも、床《ゆか》しき君が俤《おもかげ》を、見初めし縁の橋供養、明けくれ絶えぬおもひ川、恋わたる身はうつつなや。武夫《もののふ》の山を抜くてふ力にも、堪へぬは恋の重荷《おもに》とて、世を鶯《うぐひす》の春も過ぎ、夏来にけらし蚊遣火《かやりび》や、思ひの烟《けぶり》消えやらで、下《した》燃えわたる螢より、いとど焦《こ》がるる身をいかにせん。秋は殊更《ことさら》わびしきに、誰まつ虫やきりぎりす、いたくな鳴きそ長き夜《よ》の、恨《うら》みまされる折《おり》柄《から》に、あら嫉《ねた》ましの女夫雁《めうとがり》。

「いかに姨御前《をばごぜん》、盛遠にてさふらふぞや」

「まことに和殿《わどの》は、甥《をひ》の盛遠。無惨《むざん》やな何として、斯《か》ばかり窶《やつ》れたまひしぞ。痛はしの有様《ありさま》よ」

と、袖に露《つゆ》置く衣川《ころもがわ》。

「愚《おろ》かや姨御前。盛遠ほどのつは者《もの》が、姿形《すがたかたち》も痩枯《やせか》れて、憂《う》き目を見るは誰《たれ》ゆゑぞ。いでいで仇《あだ》を討《う》たんず」

と、姨が立ち頸《くび》むんずと捉《と》り、胸に刃《やいば》を指し付くれば、

「こは物にばし狂ひたまふか。姨に何の恨みやある。子細を語り聞《きこ》えたまへ」

「さらば申し候はん。我、袈裟御前を妻にせんと、切《せち》に申し乞《こ》ひたるを、聴きたまはざりしに非ずや。恋には人の死なぬものかは。姨御前、我を殺したまふ。所詮《しよせん》、生き難《がた》き盛遠は、仇人《あだびと》を討ち果たし、我も死なんとこそ思ふなれ」

「なう、暫《しば》し待ちたまへ。さまで娘を慕ひたまはば、今宵、逢《あ》はせ参らせん」

「そは忝《かたじけ》なき仰せなり。さらば重ねて参るべし。約束違《たが》へたまふな」

と、言葉残して立去つたり。


以上が前半部で、盛遠に責められた叔母は、仕方なく娘袈裟御前の夫渡《わたる》を闇討ちにすることを提案する。約束の晩には娘が夫に髪を洗わせ、夫婦が寝ている真っ暗な寝所の中で、髪が濡れている方の者を討つという手はずであった。

露《つゆ》に宿《やど》かる月影の、あるかなきかの世の中に、果敢《はか》なく物を思ふより、母と夫《つま》との命に代り、今宵の中《うち》に亡きものと、覚悟を死出《しで》の袈裟御前、数珠《じゆず》なす涙押《お》し匿《かく》し、月見の宴にことよせて、言はず語らぬ暇乞《いとまご》ひ。渡《わたる》は夫《それ》と知る由《よし》も、なく虫の音《ね》のしほらしき。月の

風情に興《きよう》そひて、此《こ》の上は何がな一曲歌ひたまへと勧《すす》むれば、

（歌）別れの殊《こと》に悲しきは、親の別れ、子の別れ、優《すぐ》れて実《げ》にも悲しきは、女夫《めうと》の別れなりけり。露深き、浅茅《あさぢ》が原に迷ふ身の、いとど闇路《やみぢ》に入《い》るぞ悲しき。

「さても忌《いま》はしき歌の心よ。天に在つては比翼《ひよく》の鳥、地にあつては連理《れんり》の枝《えだ》。何の別れのあるべきぞ。我は情けの露深き、御身《おんみ》が閨《ねや》に訪づれて、夢路に入るぞ嬉しき」

と、打ち戯《たはむ》れて立ち上《あが》る、夫《つま》を扶《たす》けて帳台の、奥深くこそ入りにけれ。

時刻をはかり袈裟御前、寝所《しんじよ》をそつと忍び出で、恋にはあらで仇人《あだびと》を、まつの操《みさを》の色変へぬ、みどりの髪を洗ひつつ、死に行く身ぞ哀《あは》れなる。

斯《か》かるべしとは白露《しらつゆ》の、草踏《くさふみ》しだき庭伝《づた》ひ、忍び寄つたる盛遠は、月こそ冴《さ》ゆれ恋の闇《やみ》、探る手先に黒髪の、濡れたるは渡《わたる》ぞと、牒《しめ》し合はせし言《こと》の葉《は》を、便《たよ》りに首を討ち落とし、悦《よろこ》び勇《いさ》み立ち帰る。

昨日《きのふ》の仇も経陀羅尼《きやうだらに》、せめては後世《ごせ》を弔《とむら》はんと、恨みも晴れし月代《つきしろ》に、翳《かざ》す首級《しゆきゆう》は無惨《むざん》やな、渡《わたる》にあらで袈裟御前。こはそも夢か現《うつつ》かと、呆《あき》れ果《は》てたる盛遠も、忽《たちま》ち悟る無常観、あさましかりける首級には、白毫《びやくごう》の光《ひかり》輝き、血汐《ちしほ》に染める片袖《かたそで》も、摂取《せつしゆ》の袂《たもと》と見えければ、あら有り難たや、尊《たつと》やと、髻《もとどり》ふつつと切り払ひ、菩提《ぼだい》を弔《とむら》ふ盛阿《じやうあ》

弥陀仏《みだぶつ》、名さへ高尾（高雄）の文覚が、是《こ》れ発心《ほっしん》の源《みなもと》と、語り伝へし鳥羽の恋塚。

＊衣川…盛遠の叔母。袈裟御前の母。
＊渡…袈裟御前の夫、源 渡《みなもとのわたる》。
＊天に在っては比翼の鳥、地にあっては連理の枝…夫婦の仲がたいへん睦まじいこと。
＊昨日の仇も経陀羅尼…昨日までは敵であったけれども、死んでしまった今日は仏であること。お経のキョウに今日を掛け、お経の縁で陀羅尼と言った。
＊月代…月のこと。
＊白毫の光…仏の眉間にある毛の集まりから発する光。
＊摂取…仏教的な救済の意。
＊菩提…死後の冥福。

盛遠に言い寄られた袈裟御前は、仕方なく一計を案じ、自らの命を犠牲にして夫を救い、盛遠の道ならぬ恋を戒めた。いわば貞女節婦《ていじょせっぷ》の物語であるが、恋の勝者となるべく討ち取ったはずのその首が、こともあろうに恋しい人の首だったとは——盛遠にしてみれば居たたまれない結末である。『源平盛衰記』によれば、これによって無常を観じた盛遠は生首《なまくび》を懐《ふところ》に入れてその夫のもとへ行き、我が首を延べて斬《き》れと頼んだという。しかし事情を知って、その夫もまた無常を観じ、盛遠を許して二人ともに出家し、亡き人の菩提を弔ったという。その後、盛遠は仏道修行を重ねて効験すぐれた智者となり、名も文覚と改めて高僧とはなったが、なお袈裟御前のことが忘れられず、もしや心の慰むこともあろうかと、その絵姿を頸に懸け、「恋しきにも是《これ》を見、悲しきにも是を弔」って世を送ったとのことである。

ここに語られる文覚は、『平家物語』に「おそろしき聖《ひじり》にて、いろうまじき事にいろいけり」(恐ろしい聖で、関わる必要のないことにまで口出しした)と評され、頼朝《よりとも》にいかがわしい髑髏を見せて謀反をうながした文覚とは一見別人のように見える。しかし彼の直情径行《ちょくじょうけいこう》な性格は出家前の色恋のことにおいても同じだった。ただ首について言えば、彼が斬った身替わりの首は、合戦や刑罰による名誉や権力のために斬られた首とは違い、武勇の証《しるし》にも名誉の戦利品にもならなかった。それはいわば絶望であり、虚無であった。オスカー・ワイルドの戯曲『サロメ』の場合も、恋しい男の生首を得たサロメは、しばし至福の時を味わうが、その後に来るのはやはり大きな虚無であった。サロメは間もなく父王によって殺され終幕となる。だが乱世に生きたしたたかな人間であった盛遠は、絶望と虚無をきっかけに出家しながらも、かえって世間のしがらみを脱して奔放な第二の生《せい》を生きていった。

首にまつわる話は尽きない。

＊「おあむ物語」『太平記』「鳥羽の恋塚」の引用は次の図書によった。ただし、いずれも読みやすいように私意によって表記を変えてある。

日本庶民生活史料集成・第八巻『見聞記』(原田伴彦他編、三一書房、一九六九)

日本古典文学大系35『太平記』二(後藤丹治他校注、岩波書店、一九六一)

浅川玉兎著『続長唄名曲要説』(長唄友の会、一九六三)

第15章　月と幻想

永遠に満ち欠けを繰り返す月は古来神秘な天体であった。空気が澄む秋には月がいっそう冴え渡り、月光が照らす夜の風景は日常とは違った幻想の世界を出現させる。十五夜はまた豊作を祈る農耕の祭りとも関係があった。豊作は大地の産む力でもある。産む力としての母性をイメージさせるのも月であった。

古代人はどんな月を見たのだろうか。

平安貴族の寝殿造《しんでんづくり》の庭にはかならず池を造った。それは中国の風水思想によるものであったが、また水に映る月影を愛《め》でる場でもあった。『源氏物語』夕霧巻に、十三夜の月がはなやかに差し出た晩、荒廃した落葉宮《おちばのみや》の本邸一条宮に立ち寄った夕霧が、今は亡き親友柏木《かしわぎ》の生前の姿を思い出して、

見し人のかげすみはてぬ池水にひとりやどもる秋の夜の月

(かつてこの月を観賞した邸宅の主はもういない。池の水に映る秋の夜の月だけが変わらずにこの邸宅を守っていることよ。)

と和歌を口ずさむ場面がある。平安貴族にとって、月はさまざまな物思いの種でもあった。

平安時代よりもさらに古くさかのぼる万葉の時代には次のような月の歌があった。

わたつみの豊旗雲《とよはたぐも》に入日《いりひ》射し今夜《こよひ》の月夜《つくよ》さやけかりこそ　(『万葉集』巻一)

「豊旗雲」とは、晴れ渡った日の夕暮れどき、西の海の水平線上に長く豊かに棚引《たなび》く雲をいうのであろう。それは海の神「わたつみ」がなびかせる旗のようにも見えた。その雲に帯のよ

うな幾条《いくすじ》もの夕陽の光が斜めに射して紫や茜色《あかねいろ》に染めあげる、そんな光景が想像される歌である。夕焼けは明るい月夜の前触れでもあった。右の歌は、沈みゆく夕陽を見て今宵は月の清らかな晩であってほしいと願う。澄んで清らかなようすが「さやか」であるが、「さや」はまたさやさやとものの擦れ合う音をも連想させ、月光にかすかな音があるかのような錯覚をも与える。あたりが薄明の暮色に包まれて行くとき、東の山の端に出た月が明るさを増し、皎々《こうこう》と慈愛に満ちた光で地上を照らす。昼の光景は一変して深い森の木《こ》の下闇《したやみ》の静寂《しじま》にも銀の雫《しずく》が降り注ぎ、板屋を漏れた光は家の中にも忍び込むだろう。

月が一年のうちでもっとも美しく輝くのは空気の澄んだ秋である。とりわけ陰暦八月十五日の月は仲秋の名月として古くから人々に愛でられてきた。平安時代の初期に書かれた『竹取物語』でも、いわばラストシーンは十五夜の晩であった。月世界からかぐや姫を迎えに来た天人たちの出現が次のように語られている。

かゝるほどに、宵《よひ》うち過ぎて、子《ね》の時ばかりに、家のあたり昼の明《あか》さにも過ぎて光りわたり、望月《もちづき》の明さを十合《とをあ》はせたるばかりにて、ある人の毛の穴さへ見ゆるほどなり。大空より人、雲に乗りて下り来て、土より五尺ばかり上《あが》りたるほどに、立ち列《つら》ねたり。

これは瑞雲《ずいうん》に乗って諸仏が空から降りてくる浄土信仰の来迎図《らいごうず》とまったく同じ光景だが、かぐや姫を迎えにきたのは月世界からの使者だった。姫は月世界の仙女であり、不死の霊薬を飲んで名月の晩に月の都へ帰って行った。中国古代の伝説の女性姮娥《こうが》（嫦娥）も、不死の霊薬を服して仙女となり、月世界に昇って月の精になったという。月は不老不死の世界として想像されていたからである。満月はやがて闕《か》け、下弦の月となって、ついには闇夜となる。しかしまた闇夜の月は新月と呼ばれ、死せる者のやがて復活するように再び輝き出して盈虚《えいきょ》を繰り返す。古代人はそこに月の永遠不滅の相を見たのであった。

平安時代の宮中や貴族の間では中国の風習にならって仲秋の名月を愛でる行事が盛んだったし、その後も風流の輩《やから》は月を愛でて詩歌を詠み合う観月の会、月見の宴を長く行なってきた。また一般家庭でも団子や薄《すすき》を供える「お月見」の行事を久しく続けてきた。十五夜は月を賞翫するだけでなく、月を祭る夜でもあった。ただしその行事には、十三夜、二十三夜などもあって、十五夜だけとは限らない。とりわけ陰暦九月の十三夜は八月の十五夜に対して「後《のち》の月」と呼ばれ二度目の月見をした。しかもその別名を、豆名月、栗名月、あるいは小麦の月見などといったことから、民俗学者はこれを日本古来の収穫祭だったと考えている。十五夜の月見が一般化しても、それだけで済ますことを「片月見」といって忌み、必ず十五夜と十三夜に重ねて月見をした。団子を供え、薄の穂を供えたことなど、十五夜もまた明らかに農耕の祭だったことを思わせる。団子は今年の収穫への感謝であり、たわわに稔った穀類の穂の象徴である薄の穂もまた豊作を予祝するための供え物であった。

歌川広重「猿わか町よるの景」
浮世絵『名所江戸百景』

　陰暦九月の中ごろといえば秋もいっそう深まり、月の光が冴《さ》え渡って、良く晴れた夜などは物の影がくっきりと映るころである。浮世絵『名所江戸百景』シリーズに歌川広重が描いた「猿わか町よるの景」に見るような月夜だと思えばよい。この絵には、夜空に浮かんだ真《ま》ん丸な月が、芝居町の通りを歩く人々の影をくっきりと地面に映し出した、まさに影踏むばかりの往来のにぎわいが描かれている。おもしろいことに人物の影をこれほどはっきりと描いた昼の風景画は浮世絵にまれである。透視図法を用いていることから分かるようにこの絵には西洋の絵の影響が大きいのだが、しかしまた江戸時代に人の影が意識されたのは昼の太陽のもとではなくむしろ月夜だったという事情もあったからに違いない。

「影踏み」という子どもの遊びを覚えているだろうか。日中、晴れた日の光の中でそんな遊びをした記憶を持つ人も多いだろう。しかし、明治三十四年刊行の大田才次郎編『日本全国児童遊戯法』（平凡社東洋文庫翻刻版『日本児童遊戯集』）に東京の子どもの遊びとして紹介する「影や道禄神《どうろくじん》」に、「月夜の遊戯にして、月光にて地上に印する影を互いに踏み合うにて、我が影は人に踏まれざるようになし、人の影を踏まんと競い廻るなり」とあるように、意外にもそれはむかし月夜の遊びだった。そのとき、子どもたちが歌いはやす唄が、

影やどうろく神、十三やーのぼーたもち、サア踏んでみぃしゃいな

とあって、とりわけ十三夜前後は子どもたちが戸外へ出て影踏みをする晩だったらしい。

岡本綺堂の怪談に「影を踏まれた女」（大正十四年）という短編がある。

子ども同士夢中になって走り廻っているうち、調子に乗って見も知らぬ大人の通行人の影を踏んで逃げる悪さをすることがあったという。もちろん悪知恵が働く子どもたちは踏んでも怒られそうにない人をねらった。頃は江戸時代の末、腕白どもに影を踏まれたのは江戸の町の商

家の娘。十三夜に影を踏まれると寿命が縮むとか不幸になるという迷信があったことから、娘は恐怖におびえ、次第に衰弱していった。そしてその影が骸骨になって映るという奇怪な出来事の果てに斬り殺されて死んだ。それは影を踏まれた一年後の月夜の晩であった。——これがその怪談の内容である。

よく考えてみれば踏まれたはずの影も踏んだ足の上に映るから、理屈からいえば影など踏むことはできないわけだが、しかしそうはいっても踏みにじられて誰も良い気分はしないだろう。娘の影は凌辱《りょうじょく》されるように入れ替わり立ち替わり子どもたちに踏みにじられたのである。七尺去って師の影を踏まず、あるいは三尺下がって師の影を踏まずという諺もある。また、影身に添うという言葉もあるように、影はいつもその人とともにあって離れることがない。いわば我が身の分身のような存在である。影踏み歌の「道禄神《どうろくじん》」とは道祖神《どうそじん》のことで子どもたちと親しい神だという。道祖神は男女寄り添った和合の形をしているから、豊穣を祈る収穫祭としての十三夜にふさわしい神であるとともに、それはまた寄り添う身と影の隠喩《いんゆ》と見ることもできるだろう。

近代の詩人萩原朔太郎は、詩集『月に吠える』の序文に「月に吠える犬は、自分の影に怪しみ恐れて吠えるのである。疾患する犬の心に、月は青白い幽霊のやうな不吉の謎である。犬は遠吠えをする。私は私自身の陰鬱な影を、月夜の地上に釘づけにしてしまひたい。影が、永久に私のあとを追って来ないやうに」と記した。いうなればこれは捨てきれない古い自己を抱えながら新時代に目覚めた近代青年の病める孤独な魂の叫びであろう。迷信のために心が傷付いて死んでいった江戸の商家の娘の時代とは違って、我が身との間に亀裂を生じ始めた影がここにはあるのだが、しかしそれでも影が分身であるという象徴性に変わりはない。

それにしても十三夜の影踏みで殺されたのがなぜ女性だったのだろうか——。このことは十三夜が秋の収穫祭だったことを考えればほぼ納得がゆく。日本神話の食物の神はオオゲツヒメという女神である。『古事記』ではスサノヲに殺されたこの女神の体からさまざまな穀物が誕生したと語る。また『日本書紀』の異伝によれば食物の神の名を保食神《うけもちのかみ》といい、その神は月《つく》夜見尊《よみのみこと》すなわち月神によって殺されたことにもなっている。植物は秋に枯れても来年の種子を残す。綺堂の怪談では悲惨な死としてしか語られていない娘の話の背後にも、このような古代神話の影がひそんでいるように思われる。殺されても種子となってふたたび甦るように、保食神の神話には月と深く関連した死と復活の永遠性が語られているのである。

影を踏まれた娘は月の光を忌《い》まわしく思った。平安の文学にも月光に照らされることを忌む表現がしばしば見える。しかしまた一方で月は愛《め》でるべき対象でもあった。永遠性そして慈愛の光あるいは慰安の光という月の持つ性格を亡き母の象徴として描いた近代の小説に谷崎潤一郎の『母を恋ふる記』（大正八年）がある。

雲に隠れた月が残光を放ってほの明るい松並木の長い長い夜の街道を、七つか八つの子どもである「私」が恋しい母を求めてただひとり只管《ひたすら》歩き続けて行く話である。少し原文を引用してみよう。

まだ松林は尽きないけれど、其《そ》のずつと向うに、遠眼鏡を覗いた時のやうに、円い小さい明るいものがある。……「あゝ月だ〱、海の面に月が出たのだ」私は直ぐとさう思つた。ちやうど正面の松林が疎《まば》らになつて、窓の如く隙間を作つてゐる向うから、その冴《さ》え返つた銀光がピカピカと、練絹《ねりぎぬ》のやうに輝いてゐる。……私の歩いて来た街道は、白泡の砕けてゐる海岸に沿うて長汀曲浦《ちやうていきよくほ》の続く限り続いてゐる。……（海の）反射の光は魚鱗の如く細々と打ち砕かれ、さゞれ波のうねりの間にちら〱と交り込みながら、汀の砂浜までしめやかに寄せて来る。……誰でもこんな月を見れば、永遠と云ふことを考へない者はない。私は子供であつたから、永遠と云ふはつきりした観念はなかつたけれども、しかし何か知ら、それに近い感情が胸に充ち満ちて来るのを覚えた。——私は前にもこんな景色を何処かで見た記憶がある。而《しか》も其れは一度ではなく、何度も〳〵見たのである。或は、自分が此《こ》の世に生れる以前の事だつたかも知れない。

永遠という感覚はおそらく変化のない不動の相においては人間に認識されない。われわれが永遠を感じるのはかえって繰り返される動きの中においてである。月の盈虚《えいきょ》、寄せ返す波。それらは反復する動きとして永遠の感覚をわれわれに与える。

人っ子一人通らない寂しい夜の街道を、月の光と波の音に浸《ひた》されてどこまでも歩き続けていた幼い「私」は、いつしか前方に現われたうら若い女の後ろ影を追っていた。それは「鳥追い」という女芸人の姿をして、尖った編笠を前かぶりに深く被り、着流しの縞柄の着物に白粉と口紅で厚化粧をし、新内《しんない》流しの三味線を弾きながら歩く妖艶な美女であった。追い着いて、青白い月光の下で「私」が見たその顔は、人形のような神秘な顔であった。三味線を弾きながらなおも歩き続けていた女が、そのうち空を見上げて大粒の涙を流し続けた。涙が頬を伝わっても厚化粧の白粉は少しも落ちない。姉のような懐かしさを感じて近づいたその女こそは、ようやく出会えた母だったという。

この世のものではない妖艶な美女として登場する若い母が、大空の月を仰ぎながら流した涙の描写が神秘的である。青白い若い女の顔に流れる「蓮の葉をこぼれる露の玉」のような涙が月光に一粒一粒きらりと輝いては闇に消える。しかし、私の涙ではない、とその母は言う。「これは月の涙だよ。お月様が泣いてゐて、その涙が私の頬の上に落ちるのだよ」と。

月見ればなみだに砕《くだ》く千々《ちぢ》の玉

与謝蕪村のこんな俳句が思い合わされるが、しかしこれではあまりに現実的で理屈めいているだろう。しかも蕪村の句の涙は母を乞う子どもの涙であった。母はすでにこの世の人ではなかった。永遠に若く美しい月の精のような母だからこそ、その涙はどこまでも「月の涙」であった。ちなみに月が懐旧の心と密接に関係していることを思えば、軽いおかしみを含んだ蕪村の句の背後にも過去を背負った者の悲しみが感じられる。蕪村もまた幼くして母を失い、亡母恋慕の情を、月に泣くイメージに重ねた詩人だったという（高橋庄次著『月に泣く蕪村』春秋社、一九九四）。次もまた蕪村の句である。

鬼老いて河原の院の月に泣く

むかし源融《みなもとのとおる》という貴族が、京都の六条河原に贅を尽くした別荘を営んだ。これが「河原の院」である。奥州塩竈の浦を模した庭園を造り、大阪湾から毎日海水を運ばせて塩を焼かせたという。秋には塩竈の浦に見立てた池で明月を愛でた。能の『融《とおる》』では、死後もこの院に亡魂となって住み続ける源融が、生前の姿で登場する。時あたかも仲秋の名月の夜、現われた融は、池に舟を浮かべて月を愛でた生前の御遊を思い出して舞う。鬼とは妄執の思いを断ち切れない亡魂のことである。「鬼老いて」という句には長く妄執に責め続けられた孤独な鬼の姿がある。「古院の月」と題されたこの蕪村の句にも滅び去ったものにいつまでも執着し続けて生きる人間の苦悩が表われているだろう。

『源氏物語』では、冬の月を愛で、十五夜の月を愛でる源氏に、「我が世のほかまでこそ、よろづ思ひ流さるれ」（朝顔・鈴虫巻）という類《たぐい》の言葉を二度まで繰り返させている。谷崎の『母を恋ふる記』にも似たような言葉があった。夜空の月は古くから時空を超えたわれわれの想像力をかきたててきたのであった。

第16章　影と分身

前章の十三夜の影踏みと死との関係について、フレイザーの『金枝篇』（永橋卓介訳、第十八章）によれば、未開民族にかぎらずヨーロッパにおいても影と生命や霊魂との同一視が行なわれていたという。そしてまた、「それが踏まれたり、撲たれたり、刺されたりすると、全くそれと同じことが自分自身に対してなされたような痛みを感じるのである」ともいう。人間が霊魂の観念を手に入れたのは自分の影によってだったらしい。肉体と霊魂。それらは自己の二つの側面を指したものにすぎない。しかし〈分身〉はこれとは違う。われわれの心の中に潜む欲望と自制、それらがもし身体と影とに分裂して自立したらどうなるだろう。

黒澤明監督の映画に『影武者』という作品があった。戦国の武将武田信玄には敵を欺くために彼とそっくりの影武者がいたという話をもとにしている。影とは光線によってできる物の陰影をさすだけではない。月影、星影、火影《ほかげ》などというように、光そのものの意味でもあったし、さらには「噂《うわさ》をすれば影がさす」というときの影は、目に見える人の姿そのものであった。姿を映す鏡《かがみ》も語源的には影見《かげみ》だという。陰影の影は光と不可分の関係にあり、光を受けて映る鏡の中の像も同様である。影武者の場合も、ちょうど鏡に映る虚像のように、一応ほんものがいてはじめて可能な存在である。できるだけ本人にそっくりなこと、それが影武者の要件ではあるが、しかしじつはそう単純でもない。まったく同じでも困るのだ。なぜなら本人と区別がつかなくなるからである。そっくり真似《まね》て作られた贋物《にせもの》（似《に》せもの）はほんものである、というアンビヴァレントな関係がそこには潜在している。

有り得ない話ではあるが、江戸時代には、にせものとほんものの境界が無くなってしまう恐ろしい奇病が信じられていた。一人の人間が二体になるという「影《かげ》の煩《わずら》い」あるいは「影《かげ》の病《やまい》」と呼ばれた奇病である。第12章でとり挙げた『芦屋道満大内鑑《あしやどうまんおおうちかがみ》』では本物の妻と瓜ふたつの、狐が化けた妻とが同時に登場する場面があるが、狐や天狗《てんぐ》が取り憑《つ》いてその人の姿を真似るという話は昔からよく語られている。その場合はどちらか一方がにせものに決まっているから話は簡単であるが、この奇病に罹《かか》ると人間が突然クローン化して二人になり、その両方ともほんものだというから話はややこしい。一般にわれわれの常識は、異なる場所に同時に存在する二つのものは、それがどんなによく似ていようとも別のものだという認識から成り立っている。たとえば自分の妻がまったく同じ二人になって現われたとしよう。心にゆとりがあれば喜劇にもなろうが、しかし一般的にはその奇妙な事態に戸惑いを感じながら、混乱する意識を安定させるために、何れか一方がにせものであることを見定めようとするに違いない。

江戸時代の怪談集『諸国百物語』には、そんな経験をした男の話が載っている。彼は、妻が夜中この病に罹《かか》って二人になって現われたとき、にせものと判断した一方を斬り殺したという。しかし、少しも化け物の本性を顕わさなかった。ほんものだったからである。だまされたと思った彼は、またもう一方の妻を斬り殺したが、これもやはりほんものだったという。病が癒《い》えれば合体して一人になるはずのものを、その異常性に堪えられなかったことから起きた悲劇だったというわけである。こんな病があると信じてこれに影ということばを与えた古人の心を忖度《そんたく》してみるに、そこには影がその人の分身であるという観念があったことを知る。

通常、影は本体の消滅とともに消え去るはずであるが、影武者は本人が死んでも存在し続けることが可能である。武田信玄が死んでも、その影武者は世間の目を欺いて信玄を演じ続けることができるし、場合によってはほんものに取って代わることだって可能だろう。肖像画という絵に描かれた影も、本人の死後本人と同等に扱われる例があることは、弘法大師など聖人の「御影《みえ》」に対する崇拝によって知ることができるだろう。

西洋の近代小説には、分身をテーマとする作品が多くあるが、なかでもデンマークの作家アンデルセンの『影』と題された短編は、影法師《かげぼうし》が本人に取って代わる話として興味ぶかい。

北欧から南国の地中海へやって来たある若い学者が、自分の借りた部屋の、道路を挟んだ真向かいにあたる、誰が住むとも知れない不思議な家に興味をひかれた。その家からはときおり音楽が聞こえてくる。ある夜のこと、彼が窓際のバルコニーに坐ると、室内のランプの光で自分の影が向かいの家のバルコニーに届いた。そこには半ば開きかけたドアがあり、影はその近くまで伸びている。そこで彼は、影に向かって冗談を言った。その家の中へ入って行って様子を見てこい、と。すると影は体を離れ、ほんとうにその家の中へ入っていってしまったという。本人と別れた影は自由奔放に生きつつ次第に人間らしくなって人々の信望を集め、れっきとした社会的地位を築いていった。一方、学者本人には、その後は新しい影も生まれ、真・善・美の問題を追究する哲学者となったが、自分の説く思想が世間に受け入れられないことを嘆きながら暮らしていた。そこへ、本人よりもめっぽう羽振《はぶ》りがよくなって再び帰ってきた影は、もとの主人を逆に自分の影として振る舞わせ、ついには死に至らしめたという。

影武者と本人の関係もこのように逆転しないともかぎらないし、また世間の人々は逆転したことに気付かないことすらあるだろう。しかし、西洋近代の分身小説では、逆転が起こったあとでは破滅的な結末を迎える。それは西洋における分身への関心が、精神史におけるいわば唯一の自我の問題と表裏の関係にあるからだろう。分身はこの世において一つしかないはずの自我をおびやかし、挑発し、そしてその解体を導く危険な存在であった。

アンデルセンの小説における影は、影なるものの性格上、時には女のスカートの中に隠れるなどして、ほんらい他人が見ることのできない場所、また誰も決して見てはならないものを自由に見ることができたとある。また、その影が本人に命じられてはじめて侵入した家は、後に影が語ったところによれば、詩の女神の世界だったともいう。つまりそこは学者が覗《のぞ》けなかった情念の世界だったといってもいいだろう。このことから、この小説を次のように読めないだろうか。すなわち、学者は若いころ心中に潜んでいた欲望や情念を影という分身にゆだねて発散したことで、その禁欲の末に理性的な哲学者となったのだ、と。もしそうした心理的な解釈が可能ならば、英国の作家スティーブンソンが書いた、かの著名な小説『ジーキル博士とハイド氏』は、それをさらに発展させた作品として読むことができるだろう。

名誉ある社会的地位を保ち、人々の信望を得ていたジーキル博士は、その一方で自制を捨てて恥ずべき行為に没頭しようとする熾烈《しれつ》な享楽性への誘惑をどうすることもできず、いつも心の中の二重性に悩んでいた。その果てに彼がたどり着いたのは、「人間は実は一人ではなく二人である」という真理だったという。そして彼はある薬品の発明によって、普段の彼とはまったく異なるハイドという男に変身する方法を身に付け、ジーキルの名を辱めることなく残忍卑劣な行為を平気で行なった。一人は社会的名声と品格を備えてますます善を行なうそれまでのジーキル博士。もう一人は欲望のおもむくままに悪行を重ね、それを快楽と感じるハイド氏。しばらくはその二つの人格の間を自在に行き来していたが、次第にハイドの力が大きくなると、それに恐怖を感じたジーキルは、結局ハイドを殺すしか方法がなかった。しかし当然、二人は一体だったから、ハイドの死はジーキルの死でもあった。

われわれは誰しも社会通念上してはならないと思われることを、自己の行動を抑制する道徳的規範として持っている。さらに人によっては、自己の社会的名声を保つために、あるいはまた世間から期待される品格を保つために、よりいっそう厳格な規範を自らに課し、心の中に自然とわき上がる情念や欲望を抑圧しながら生きている。右に引いた二つの小説は、抑圧された情念や欲望と理性との心中における葛藤《かっとう》を分身に託して語ったものと解することができるが、これを日本の古典に照らしたときの最も良い例は、源氏物語などに見られる生霊《いきりょう》の現象であろう。第6章でもすでにとり挙げた源氏物語に登場する六条御息所《ろくじょうのみやすんどころ》は、高貴な女性にふさわしく奥ゆかしい、品格のある、しかも気位の高い人であった。光源氏の妻の一人であったが、他の多くの妻たちのもとに通う源氏に対して、たといどんなに不満があっても直接それを表に現わすようなことはしなかった。しかし心中には源氏に対する満たされない思いと、彼の妻たちへの強い嫉妬心が渦巻いていた。彼女の場合、心にわだかまるこの抑圧された情念は、本人の知らぬ間に体から遊離する生霊に託されて発散された。生霊は奥ゆかしい本人に比べ、激情をそのまま発散させて、恨みのある相手をとり殺すほどに攻撃的となる。しかし、生霊の正体が彼女の分身であることは源氏と当人以外の誰にも分からなかった。ハイドに対するジーキルのように、彼女は表向き貴族の女性としての品格を保ったまま暮らすことができたのである。

影武者は他人の体を借りたものであるが、その人自身の心の中から生み出された分身は、われわれの精神にかかわるものであり、人間の普遍的なテーマとなりうる問題を含んでいる。次に庶民レベルの説話から影と分身の例話をとり挙げてみよう。

今昔物語集にこんな話がある。

昔、受領《じゅりょう》（ズリョウとも）の家来《けらい》をしていた小心者《しょうしんもの》の男がいた。彼は、人に強い男だと見られたくて、ことのほか勇者ぶっていた。ある朝、他所に出かけるというので、朝食の支度《したく》をしようと夜明け前に起きた妻が、まだよく目覚めていなかったものか、板間《いたま》から差し込む有明の月の光に映った自分の影を見て、てっきり「童盗人《わらわぬすびと》」、すなわち結っていないぼさぼさ髪をした少年の泥棒だと早合点し、大慌てでまだ寝ている夫のそばへ逃げてきた。日頃から武勇だてする夫は、妻の話の様子から泥棒はそんなに強そうな奴ではないと思い、手柄を立てるのはここぞとばかり、すぐさま太刀をおっ取り裸のまま起き出て行った。すると、なんとそこには太刀を抜いたいかにも強そうな男が立っているではないか……。以下、少し長いが原文を引用しよう。

裸なる者の髻放《もとどりはな》ちたるが、太刀を持ちて出《い》でて見るに、また其《そ》の己《おのれ》が影の映りたりけるを見て、「早う、童《わらは》には非《あ》らで、太刀《たち》抜きたる者にこそ有りけれ」と思ひて、「頭《かしら》打ち破《やぶ》られぬ」と思《おぼ》えければ、いと高くはなくて、「をう」と叫《さけ》びて、妻《め》の有る所に返り入りて、妻に、「和御許《わおもと》は、うるさき兵《つはもの》の妻《め》とこそ思ひつるに、目をぞ極《いみじ》く弊《つたな》く見けれ。者《もの》は何《い》つか童盗人なりける。髻《もとどり》放ちたる男の、太刀を抜きて持ちたるにこそ有りけれ。極《いみじ》き臆病の者よ。我が出でたりつるを見て、持たりつる太刀をも落としつ許《ばか》りこそ篩《ふる》ひつれ」と云《い》ふは、我が篩《ふる》ひける影の映りたるを見て云ふなるべし。さて妻《め》に、「彼《か》れ行きて追ひ出だせ。我れを見て篩ひつるは、怖《おそ》ろしと思ひつるにこそ有るめれ。我れは物へ行かむずる門出《かどで》なれば、はかなき疵《きず》も打ち付けられなば、由《よし》なし。女をばよも切らじ」と云ひて、衣を引き被《かつ》ぎて臥《ふ》しにければ、妻、「云《い》ふ甲斐《かひ》なし。此《か》くてや弓箭《きうせん》を捧《ささ》げて月見行《ある》く」と云ひて、起きてまた見むとて立ち出でたるに、夫の傍らに有りける紙障子《かみしやうじ》の不意に倒れて、夫に倒れ懸《か》かりたりければ、夫、「此《こ》は有りつる盗人のおそひ懸かりぬる也《なり》けり」と心得て、音《こゑ》を挙《あ》げて叫《さけ》びければ、妻、にくみ可咲《をか》しく思ひて、「や、彼《か》の主《ぬし》、盗人は早う出でて去りにけり。其《そこ》の上には障子の倒れ懸かりたるぞ」と云ふ時に、夫、起き上がりて見るに、実《まこと》に盗人もなければ、「障子のそゞろに倒れ懸かりたりける也《なり》けり」と思ひ得《え》て、其《そ》の時に起き上がりて、裸なる脇を掻《か》きて、手を舐《ねぶ》りて、「其の奴《やつこ》は実《まこと》には我が許《もと》に入り来《きた》りて、安らかに物取りては去りなむや。盗人の奴の障子を踏み懸けて去りにけり。今暫《しば》し有らましかば必ず搦《から》めてまし。和御許《わおもと》のつたなくて、此の盗人をば逃がしつるぞ」と云ひければ、妻「可咲《をか》し」と思ひて、咲《わら》ひて止《や》みにけり。

（『今昔物語集』巻二八　兵立てける者、我が影を見て怖れを成せる語）

どこまでも強がりを言って勇者ぶる小心な男に対して、妻は「可咲し」と思って、そのまま笑い過ごしたとある。読者もあきれてものが言えないだろうが、最後まで自分の影を盗賊と信じて疑わないところは可愛げでさえある。じつに愚かな話ではあるが、有明の光に映った彼の影は、はかない虚栄心の象徴だったとも、また勇者でありたいと願う小心な彼自身の分身が投影された姿だったとも解されよう。あるいはむしろ逆にぶるぶる震える影が彼自身のほんとうの姿を象徴していると見てもいいが、少なくとも、彼がそうありたいと願っていた強そうな影は、間違いなく彼自身の影であった。

分身——それは決して特殊な人間の願望ではない。われわれの心の中には、形になる前の分身の芽生えがいつも存在しているのである。私の心の中には、今あるこのままの私のほかに、こうありたいと想像されたもう一人の私がいる。また、私を励ましたり批評したりするもう一人の私がいる。役所の窓口では、身分証明書に貼られた私の写真すなわち照影がなければ、私は私であることを信じてもらえない。人間は、実は一人ではなく二人、あるいは三人？　四人？　なのかも知れない。

＊『今昔物語集』の引用は次の図書によった。ただし、カタカナ表記を平仮名にし、漢文的表記を

書きくだすなど読み易さを考えて多少表記の改変を行なった。
日本古典文学大系26『今昔物語集』五（山田孝雄他校注、岩波書店、一九六三）

第17章　視覚と近代文学

——跋文にかえて——

明治生まれの人間は新聞を読むとき声に出して音読していた。それは音読文化の時代を具体的に思わせる光景であった。そうじて古典文学の時代は声と耳の文学であり、近代小説の時代は目と黙読の文学の時代だと言われる。近代における新しい文学の始まりは〈見る〉こと、つまり視覚がキーワードになった。芝居と密接に結びついていた江戸時代後期の小説にも形態上は視覚と密接な関係があったが、明治になるとそれと違って「写生」とか「描写」という語句に代表されるような小説の方法として〈見る〉ことがとりあげられるようになった。

明治十八年から同十九年にかけて刊行された坪内逍遙の『小説神髄』は近代文学の始まりを告げる画期的な小説論として知られている。その当時まで広く読まれていた小説類は、読本《よみほん》、洒落本《しゃれぼん》、人情本《にんじょうぼん》、滑稽本《こっけいぼん》などと呼ばれた江戸時代の木版本《もくはんぼん》であった。いずれも大衆的な読み物であり、歴史物の読本を除けばそれらの多くは遊里や庶民の世界を描いた作品であった。またそれらは娯楽的な軽い読み物に過ぎないという作り手の卑下から「戯作《げさく》」とも呼ばれた。十返舎一九の『東海道中膝栗毛』に倣った仮名垣魯文《かながきろぶん》の『西洋道中膝栗毛』が人気を得たように滑稽本や人情本は明治維新後も刊行され続けた。『小説神髄』とほぼ同時期に発表された逍遙自身の小説『当世書生気質』ですら気質物《かたぎもの》という江戸時代の文芸様式をヒントにしているのだが、これらの読み物を西洋の知見によって〈見る〉ことをキーワードにした新時代にふさわしい、「美術《アート》」としての「小説《ノベル》」に変えようと試みたのが『小説神髄』であった。

明治になると、内容的には旧態依然とした小説類も、印刷術の近代化によって形態上の大きな変化をこうむることになった。江戸時代には挿絵と同じく一枚の板に文字を彫って印刷する木版であったが、明治になると挿絵は石版画となり、字体もサイズも規格化された一字一字の活字が整然と並ぶ活版になった。ここに起こった視覚上の変化は何であったか。書かれた文字の個性がそのまま印刷される木版本には、読者の視覚に訴える作品の個性があったが、規格化されて画一的な活字のみが並ぶ近代の紙面からはその個性が抹消されてしまった。活字本では挿絵もまた取って付けたような違和感を持つ。逆に言えば、明治の読者は紙面そのものの視覚的印象にとらわれることなく文章の意味そのものと直接向き合うことになったのである。それ以前の、版木に彫刻する江戸時代の木版本は文字と挿絵が同じ工程で製作可能だったこともあって、総じていえば作品のなかで挿絵が果たす役割が大きな比重を占めていた。そのうえ芝居（歌舞伎）とも密接な関係にあっ

為永春水作の人情本『春色梅児誉美』に載せる登場人物を紹介した口絵。当時の歌舞伎人気役者、瀬川菊之丞や市川団十郎の似顔絵になっていることが知られていて江戸時代後期の芝居と戯作との密接な関係を示している。（日本古典文学大系64『春色梅児誉美』中村幸彦校注　岩波書店　44頁より）

た戯作では、読者が観客に見立てられ、「看官《けんぶつ》」とか「視人《みるひと》」などとも呼ばれていた。このように、じつは〈見る〉ことは、すでに逍遙が乗り越えようとしていた江戸の小説類に形態上の不可欠なキーワードとしてあったのである。

それならば、皮肉にも小説における視覚の効果が薄れた活版印刷の時代になって、なぜ〈見る〉ことをキーワードにした小説論が生まれたのか。これについて前田愛という学者は次のように述べている。小説世界の具体的なありさまを挿絵に譲って済ますことができた江戸時代の木版本と違って、規格化され個性を持たなくなった活字によって作品が印刷される時代に入ったことで、小説における言語表現そのものが視覚的な役割を代行しなければならなくなったからだ、と（「もう一つの『小説神髄』」）。なるほどそのことは『小説神髄』の「叙事法」にいう次の言葉で裏付けられる。

我が国の小説の如きは、従来細密なる挿絵をもてその形容を描きいだして、記文の足らざるをば補ふゆゑ、作者もおのづから之《こ》れに安んじ、景色形容を叙する事を間々《まま》怠る者尠《すくな》からねど、是《こ》れ甚《はなは》だしき誤りなり。

さらに付け加えるならば、読者を「看官《けんぶつ》」と言っているように、江戸後期の小説類が余りにも強く芝居と一体化していた点が挙げられる。シェークスピアの研究者でもあった逍遙が、明治になって西洋の文学にふれて小説と演劇との峻別をはかり、かつ演劇における視覚的要素を文字だけによる小説の表現に採り入れようと考えたことは当然であった。

逍遙はまた、小説とは、「この人の世の因果の秘密を見るが如くに描き出し、見えがたきものを見えしむるをその本分とはなすものなりかし」と述べている。描くとか模写という言葉はおのずと絵画を連想させるだろう。しかしながら『小説神髄』が比喩として引く絵画は写実的な西洋の絵（後掲の引用文には「油絵師」の語が出てくるのだが）ではなかった。それは伝統的な狩野派の絵だったのである。庶民の絵画である浮世絵にはまだしも写実的な要素があったけれども、彼はこれを評価せず狩野派の絵をもって本格的な絵、真の絵と考えた。浮世絵は結局木版本と同じように一枚の版木を使って製作された彩色版画であり、逍遙が乗り越えようと考えていた江戸小説と同一の大衆的な視覚文化に属していたからであろう。江戸小説の挿絵もまた浮世絵にほかならなかった。

しかし実際に写実的な絵画の手法が文学表現に生かされたのは『小説神髄』の刊行からほぼ十年後のことであった。文学作品において、現代のわれわれが感じるところの、目に見えるような表現が生まれ定着してゆくのはそのころからである。それはまた正岡子規が写生説を唱えたころでもある。

子規が最初に写生説を唱えたのは小説ではなく和歌・俳句の革新のためであった。江戸時代の与謝蕪村が詠んだ絵画的な俳句が見出され再評価されたのもその写生説によってであった。

村百戸《むらひやくこ》菊なき門《かど》も見えぬ哉《かな》
夏山《なつやま》や京《きよう》尽《つく》し飛ぶ鷺《さぎ》ひとつ
不二《ふじ》ひとつうづみ残してわかばかな

蕪村のこれらの句は、まさしく現実的な景色を描いた一枚一枚の絵を思わせるだろう。事実、画家でもあった蕪村には、右の「不二ひとつうづみ残してわかばかな」の句の絵画的表現ともなっている「富嶽列松図」のような例さえある。しかしながら子規が写生説で問題にしたのは、単に絵画的であることだけでなく、見る者の〈視点〉であった。彼は蕪村の次の句を例に「地図的観念」と「絵画的観念」の違い、そして新しい俳句の表現が後者でなければならないことを述べる。

春の水 山《やま》なき国《くに》を流れけり

人はこの句を佳作というが、自分は決してそうは思わないと子規は評する。なぜならこれは風船に乗って空高く上がったところから見た景色であり、下界を一望のうちに見下ろすような視点に立った句で、それは「地図的観念」と呼ぶにふさわしく、われわれの現実生活における日常的な視点ではないからだという。絵画についていえば、風船に乗って空から見下ろしたような描き方の絵は、江戸時代以前から狩野派が描き続けてきた古い山水画や土佐派の大和絵の視点であった。それはあたかも空を飛ぶ鳥のように物を見ていることから鳥瞰的視点と呼ばれる視点である。

では、「地図的観念」に対する「絵画的観念」とは何か。子規はこれを、物を横から見ることだといい、次のように説明する。

吾人が実際界に於て普通に見る所の景色は、是《こ》れ絵画的にして、山々相畳《あひたた》み、樹々《きぎ》相重《あひかさ》なり、一山は一山より遠く、一樹は一樹より深く、空間に遠近あり、色彩に濃淡あり、前者大に、後者小に、近き者現はれ、遠き者隠るゝを免れず。

（「地図的観念と絵画的観念」明治二十七年）

子規がいう「絵画的」とは、いわゆる遠近法絵画のことであった。画布の二次元的な平面に空間的な奥行きを持たせる工夫は鳥瞰的視点に立った山水画にも見られるもので、いわゆる空気遠近法と呼ばれる東洋絵画の伝統的な画法でもあり、右の子規の説明にもそのような遠近法絵画を思わせるところもあるが、しかしとりわけ「前者大に、後者小に、近き者現はれ、遠き者隠るゝ」とあるあたりからは、西洋の油絵における透視図法的な遠近法、すなわち線遠近法を意識していると見ていいだろう。

西洋の風景画法に学んだ中国の風俗画を手本にした透視図法の絵が日本に現われるのは十八世紀の前半、近景から遠景へと極端な奥行きのある空間を描いた奥村政信《おくむらまさのぶ》（一六八六—一七六四）の〈浮絵《うきえ》〉からであった。その後、京都の円山応挙《まるやまおうきょ》（一七三三—一七九五）は遠近法によって、より自然な感じを受ける風景画を描いた。彼の画風は写実性の高さを特徴とする円山派の画家たちに継承されていったが、その基本的な理念は「写生」であった。写生説は絵画史のうえではすでに円山応挙が提唱していたことだったのである。応挙の後、西洋の油絵や銅版画の技法を直接学んで遠近法による絵画に取り組んだのは司馬江漢《しばこうかん》（一七四七—一八一八）であり、そのころから洋風画は「蘭画《らんが》」と呼ばれるようになった。「写生」はまた「生写《しょううつ》し」とも呼ばれた。要するにスケッチである。『江漢西遊日記』には、司馬江漢が長崎旅行の途次西日本の各地で行なった人物・風景等の「生写し」を載せている。これは正岡子規が俳句・短歌における写生説を唱えた百年前のことであった。

蘭画は、その名のごとく蘭学《らんがく》と文化的に一体のものだったから、絵の描き方にとどまらず西洋の自然科学と密接な関連性をもっていた。『小説神髄』の、「聞説《きくならく》、熱心なる油絵師は刑場などへも出張して、斬らるる者のかほかたちはさらなり、断頭手《くびきりて》の腕《かいな》の働き、はた筋骨の張《はり》たる様にも眼《まなこ》を注ぎて観察するとか」という一文は、江戸時代の蘭学者杉田玄白《すぎたげんぱく》らが西洋医学を学ぶために小塚原の刑場へ出向いて刑死者の腑分《ふわ》けを見学したという話を連想させるだろう。明治になると人文社会系の学問とともに医学・天文学・物理学・化学・地質学など西洋の自然科学が堰を切ったように日本に入ってくる。対象をよく見ること、つまり〈観察〉することは自然科学の基礎である。明治期における西洋の学問の移入によって視覚に対する関心がいっそう強くなったのだといえよう。

『小説神髄』が、「小説の主人公は実録の主とおなじからで、全く作者の意匠に成たる虚空仮設の人物なるのみ。されども一旦出現して小説中の人となりなば、作者といへども擅《ほしいまま》に之《こ》れを進退なすべからず。恰《あたか》も他人のやうに思ひて、自然の趣きをのみ写すべきなり」といい、あるいはまた「ただ傍観してありのまゝに模写する心得にてあるべきなり」という、これすなわち〈観察〉の方法にほかならない。

子規の写生説は、対象を横から見るか、上から見るか、ということを問題にしたものであった。しかし『小説神髄』にはこのような問題が含まれていない。子規が「近き者現はれ、遠き者隠るゝを免れず」と述べたように、近代の遠近法は、描かれた風景のリアルさと引き替えに、目の前に見えるものの背後になったすべてのものを隠蔽する構図なのである。ところが『小説神髄』では、小説とは「人の世の因果の秘密を見るが如くに描き出し、見えがたきものを見えしむるをその本分とはなすもの」だという。隠蔽されて「見えがたきもの」、これを明らかにするのが小説であるという主張は、前述のように、視覚的な絵画や演劇に頼ってきた江戸小説を否定し、文字だけを頼りにした小説の方法論を打ち立てようとした逍遥の意気込みからきている。絵画や演劇と比べて言語表現のみが良くなし得る描写は何か。それは人間の心のうちや細やかな感情の動きだと逍遥はいう。すなわち「描きがたく又見えがたき情態をもいと細やかに写しいだして人に見えしむる」もの、それこそ言語表現の特長だと彼は考えた。では、見えがたき人間の心をも見通せるような視点とはなにか？　――それは等身大の人間の、横一方向に限られた視点ではない。天地万物をつくる造物主の立場に立った作者の視点にほかならない。作中世界と作中の人物すべてが作者の「被造物」であるかぎり、作者は全能の神のごとき視点に立って作品世界を見渡すことができる。つまり鳥瞰的視点であり、それは子規のいう「地図的観念」にあたるだろう。

これに対して、子規の説く写生とは、見えるものの背後になったすべてのものを隠蔽する線遠近法的な構図ではあったが、短歌・俳句という短詩型の表現においては、隠すどころか、そもそも実際きわめて限定された風景しか表現することができない。逍遙が作者の立場から「見えがたきものを見えしむる」と説いたのに対して、子規は読者の立場から次のようにいう。

詩歌文章が其《その》文字の上に現はし得べき光景は、実物に比して僅《わず》かに千百分の一に過ぎずと雖《いへど》も、読者の聯想《れんさう》は更に幾多《いくた》の絵画的心象を起し来りて、模糊《もこ》なる者を明瞭ならしめ、粗雑なる者を精細ならしむるなり。（同「地図的観念と絵画的観念」）

つまり、作品に描かれていないものを、「読者の聯想（連想）」に任せることで、写生による表現世界の狭さを越えることができると考えた。作品の読解に読者が参加すべきことは古来日本の歌論の説くところでもある。子規は、このように読み手の想像力を前提にして、人間の眼がとらえうる限定的な現実のみを表現すべきことを説いた。

子規の写生説は、短歌や俳句以外に、さらに散文に用いられて「写生文」の主張ともなるが、その写生文に出現したものは何であったか。それはやはり〈見る〉ことと不可分のもの――すなわち、現実の人間の眼の高さで風景を横から見る〈私〉あるいは〈我〉という一人称の存在であった。逍遙が説いた小説論の世界を例にしていうならば、作中の人物が作者の手を離れて完全に自立し、自分の眼で見た世界をみずから述べ始めるに等しい。すなわちそれは神の手を離れて誕生した〈自我〉である。すでに言い古されたことではあるが、ヨーロッパにおける線遠近法による空間の把握とその表現の出現は、物を見る主体としての個人意識の出現でもあった。レンズ越しにみずからの眼で天体を見つめたガリレオは、そのことによって、造物主である神の権威によってキリスト教会が認定してきた天動説を否定した。この出来事の意義は、一人の個人から見られた空間が、絶対的に信じられてきた神の世界を覆した点にある。言い換えれば見る主体である〈私〉こそが世界や宇宙を認識する基底であることが発見されたのである。線遠近法による空間構成は、その手前にいる〈私〉という個人を前提にしてのみ成り立つ。明治の写生文に現われたのは、ヨーロッパの線遠近法が生み出した、物を見る主体としての、〈私〉という存在であった。

ただし、一点付け加えなければならないことは、天体を観測するレンズそれ自体はその存在を感じさせないほど曇りのない透明なものでなければならないように、文学作品における文章もまた、厚化粧した文語体のわかりにくい美文ではなく、平易で透明なものでなければならないことである。そして、そのような文章が言文一致体として成立するのは明治三十年代に入ってからであり、写生文はそれを基盤にしてしか成立しなかった。

最後に、明治三十三年一月に「叙事文」という評論の中で子規が作った写生文の例を引用しておこう。風光明媚な須磨の海を描いた文章の一部である。

……それから浜に出て波打ち際をざく〱と歩いた。ひやゝ〱とした風はどこからともなく吹いて来るが、風といふべき風は無いので海は非常に静かだ。足がくたびれたまゝにチヨロ〱チヨロ〱と僅《わづ》かに打つて居る波にわざと足を濡らしながら暫《しばら》く佇《たたず》んで真暗な沖を見て居る。見て居ると点のような赤いものが遙《はる》かの沖に見えた。いさり火でも無いがと思ひながら見つめて居ると赤い点は次第に大きく円くなつて行く。盆のやうな月は終《つひ》に海の上に現れた。眠るが如き海の面はぼんやりと明るくなつて来た。それに少し先の浜辺に海が掻き乱されて不規則に波立つて居る処《ところ》が見えたので若《も》し舟を漕いで来るのかと思ふて見てもさうで無い。何であらうと不審に堪《た》へんので少し歩を進めてつく〲と見ると真白な人が海にはいつて居るのであつた。併《しか》し余り白い皮膚だと思ふてよく見ると、白い着物を著《き》た二人の少女であつた。……

これを読んでなんの変哲もない文章だと感じたならば、むしろ現代の読者は言文一致体による写生文の透明性と、むき出しになった〈私〉の存在に驚くべきではないだろうか。

＊引用した坪内逍遙・正岡子規の文章は旧字体で書かれているが、読みやすくするために今日通行の字体に替えた。

あとがき

一般的には、古典文学を学んだのは高校生のときの国語の時間だけ、しかも大学受験のために仕方なくという人が多いのではないだろうか。そしてそのなかのほんの一部の人々が大学の文学部に進学して日本文学を専攻し古典を学んでいる。しかし、さらにその日本文学科や国文学科も今日ずいぶん縮小されてしまった。そこで筆者は、それを境に多くの人が古典の学習から遠ざかってしまうことになる大学受験を、古典を読むおもしろさや意義深さを知る最後の機会として利用しようと考え、本書に収録したような古典評論を国語入試の問題文として過去に出題してきた。

しかしながら、試験で良い点数を取ることが第一の受験生にとっては、筆者の意図どおり問題文をじっくり読み味わう余裕はなかったようである。そのため、ここに、これまでの出題に使った評論文をまとめて一冊の本として出版しようと思い立った。

本書には、読者の想像力を挑発するために人間ならぬ異類や妖怪を話題にした章も多いが、古典に描かれた過去の人間たちの苦しみや悲しみに寄り添って、この世に生きる人間の喜怒哀楽を味わい、各自のこれからの人生の糧にしてほしいという願いも込められている。また、本書はこれまでの古典の解釈に独創性を加えるものでもなく、また古典全般への総合的な案内書でもない。国語入試の問題文として作成したことから、筆者は、本書の本文を何度も推敲して可能なかぎり国語表現に意を用いてきた。一般の読者にとっては表現が少し硬くなっていると は思うが、平易に改めなかったのは問題文としての再利用を考えてのことである。

言うまでもないことではあるが、文学の言語表現は、何かの事実を伝える手段として用いられる実用的な言葉とは違って、そこにどんな事実が書かれているかということよりも、それがどのように書かれているかが大切なことである。拙い文章ながら、本書もまた単なる解説書や案内書ではなく、古典文学のおもしろさを説いた評論文として受け取ってもらえればさいわいである。

本書の刊行にあたっては新典社編集部に大変お世話になった。末尾ながら深く感謝申し上げたい。

板垣 俊一（いたがき　しゅんいち）
1948年7月10日　新潟県村上市に生まれる
1973年3月　横浜市立大学文理学部文科卒業
1982年3月　東京都立大学大学院人文科学研究科博士課程満期退学
学位　文学修士
現職　新潟県立大学名誉教授
主書『前太平記』上・下　校訂と解題（国書刊行会、1989年）
『江戸期視覚文化の創造と展開―覗き眼鏡とのぞきからくり―』
（三弥井書店、2012年）
『日本文化入門―その基層から美意識まで―』
（武蔵野書院、2016年）
他。

幻想と現実 ―― 日本古典文学の愉《たの》しみ ――

2018年3月7日　初刷発行

著　者　板垣　俊一
発行者　岡元　学実

発行所　株式会社　新典社

製　作　SHINTENSHA DP
〒101－0051　東京都千代田区神田神保町1－44－11
営業部　03－3233－8051　編集部　03－3233－8052
ＦＡＸ　03－3233－8053　振　替　00170－0－26932

印刷所　惠友印刷㈱　製本所　牧製本印刷㈱

ISBN 978-4-7879-7923-0 C0095
http://www.shintensha.co.jp/
E-Mail:info@shintensha.co.jp